CONEXÃO**BVLGARI**

Fay Weldon

CONEXÃO BVLGARI

Tradução de
MARCELO ALMADA

EDITORA RECORD
RIO DE JANEIRO • SÃO PAULO
2005

CIP-Brasil. Catalogação-na-fonte
Sindicato Nacional dos Editores de Livros, RJ.

W474c   Weldon, Fay
         Conexão Bvlgari / Fay Weldon; tradução de Marcelo
         Dias Almada. – Rio de Janeiro: Record, 2005.

         Tradução de: The Bvlgari connection

         ISBN 85-01-07239-7

         1. Celebridade – Ficção. 2. Romance inglês. I. Almada,
         Marcelo Dias. II. Título.

                              CDD – 823
05-1759   CDU – 821.111-3

Título original inglês:
THE BVLGARI CONNECTION

Copyright © Fay Weldon 2000

Todos os direitos reservados. Proibida a reprodução,
no todo ou em parte, através de quaisquer meios.

Direitos exclusivos de publicação em língua portuguesa somente
para o Brasil adquiridos pela
DISTRIBUIDORA RECORD DE SERVIÇOS DE IMPRENSA S.A.
Rua Argentina 171 – Rio de Janeiro, RJ – 20921-380 – Tel.: 2585-2000
que se reserva a propriedade literária desta tradução

Impresso no Brasil

ISBN 85-01-07239-7

PEDIDOS PELO REEMBOLSO POSTAL
Caixa Postal 23.052
Rio de Janeiro, RJ – 20922-970

EDITORA AFILIADA

1

Doris Dubois é 23 anos mais jovem que eu. É mais magra e mais inteligente. Formou-se em economia e comanda um programa de arte na televisão. Mora numa casa grande com piscina ao fim de uma estrada, no campo; uma casa que já foi minha. Ela tem criados, e o portão da casa se abre automaticamente quando seu pequeno Mercedes se aproxima. Tentei matá-la certa vez, mas não consegui.

Quando Doris Dubois chega a uma sala, todas as cabeças se voltam em sua direção: ela tem um ar luminoso e dentes perfeitos. Sorri muito e a maioria das pessoas se vêem retribuindo o sorriso. Se eu não a odiasse, creio que gostaria muito dela. Ela é, afinal, a namorada deste país. Meu marido a ama e não vê nela nenhum defeito. Ele compra jóias para ela.

*

A piscina é coberta, aquecida, cercada de piso de mármore e pode ser usada tanto no verão quanto no inverno. Há árvores e arbustos em vasos rodeando a área da piscina. Nas fotografias — e a imprensa costuma ir ver como Doris vive —, a piscina parece embutida numa gruta de montanha. As folhas são retiradas da água com mais freqüência do que em qualquer piscina que eu já tive. Mas quem se importa com os gastos?

Doris Dubois nada em sua piscina todas as manhãs, e, duas vezes por semana, meu ex-marido Barley ali mergulha para lhe fazer companhia. Contratei detetives para espiá-los. Quando os dois saem da piscina, os criados vêm com toalhas brancas aquecidas em que Doris e Barley se aconchegam com gritinhos de satisfação. Ouvi esses gritos em fita gravada, bem como outros gritos mais importantes, mais profundos e menos sociais, esses que homens e mulheres soltam quando abandonam a racionalidade e se entregam inteiramente à natureza. "*Cris de jouissance*", como dizem os franceses. "*Défense d'émettre des cris de jouissance*"*, li certa vez na parede de um quarto de hotel na França quando Barley e eu estávamos em nossos melhores dias e apreciávamos juntos nossas humildes férias; dias em que pensávamos que o amor duraria para sempre, quando éramos pobres, quando a alegria estava na agenda.

Défense d'émettre des cris de jouissance. Que otimismo!

*

**Cris de jouissance*: gritos de prazer. *Défense d'émettre des cris de jouissance*: proibido soltar gritos de prazer. (*N. do T.*)

Barley envelheceu melhor que eu. Eu fumava, bebia e tomava banhos de sol ao longo dos anos em que fomos felizes, na Riviera e em outros lugares. Minha pele ressecou terrivelmente, e o médico não deixa que eu tome o que ele chama de hormônios artificiais. Eu os compro pela Internet, mas não conto nem ao médico nem ao psicanalista. O primeiro me desaconselharia a fazer isso, e o segundo me diria que eu devia encontrar meu eu interior antes de cuidar do exterior. Às vezes me preocupo com a dosagem, mas nem sempre. Tenho outras coisas com que me preocupar.

2

— É detestável que essa assassina continue usando seu nome — disse Doris a Barley, em meio aos lençóis brancos, revirados, de algodão e renda, deitados os dois numa cama ampla e elegante, desenhada, mas não fabricada, pelo grande Giacometti.

— Assassina talvez seja um pouco demais — observou Barley, de modo amável. — Capaz de matar, foi o que disse o juiz.

— A diferença é pequena — retrucou Doris. — O fato de eu ainda estar viva se deve a mim, não a ela. Meu pé ainda dói. Acho que você deveria acionar seus advogados. É um absurdo que, depois do divórcio, as mulheres possam manter o nome do marido. Deveriam voltar ao nome de solteira. E também cortar as despesas e começar de novo. Senão os erros da juventude, como casar-se com a pessoa errada, podem continuar nos prejudicando indefinidamente. Digo isso para o bem dela, para o meu e para o seu também. Enquanto ela mantiver o sobrenome Salt, é possível que continue atraindo as manchetes.

— Parece um pouco difícil tirar o sobrenome de Gracie — respondeu Barley. — É o único acesso à fama que ela já teve. Era uma colegial quando a conheci e, no fundo, continua sendo. Um homem como eu precisa de um pouco de sofisticação no tocante a sua companheira.

— Detesto quando você a chama de Gracie — disse Doris. — Quero que você se refira a ela somente como sua ex-mulher.

Grace Salt começara a vida como Dorothy Grace McNab, mas Barley preferira Grace a Dorothy. Dorothy o fazia lembrar Judy Garland em *O mágico de Oz*; então ela se tornara Grace.

Doris não começara a vida como Doris Dubois, mas como Doris Zoac, um sobrenome que começava com a última letra do alfabeto, aonde ninguém chegava, a não ser o fisco; e ela o mudara oficialmente para atender a suas ambições na mídia. Ela nunca contara isso a Barley, e, quanto mais adiava a revelação, mais difícil se tornava contar.

— Parece um pouco difícil tirar o sobrenome da minha ex-mulher — disse Barley, com afabilidade. Ele, que exercia o poder sobre tantas pessoas, tinha um prazer especial em ser submisso a Doris. Os dois riram um pouco, travessamente, felizes.

Doris usava jóias na cama, por causa de Barley. Ele adorava isso. Adorava não só pelo fato de ver as jóias, ouro branco com pavé de diamantes, o metal frio, bela e esmeradamente trabalhado, em contato com a pele úmida e tépida dos pulsos e do pescoço, mas também por causa do tato. Na noite anterior, quando suas mãos passeavam pelos seios de Doris, fazendo-os enrijecer levemente, em tranqüilizante resposta, e seus dedos subiram para tocar a maciez da boca, ele pôde sentir o metal duro e liso; tudo isso causou em seu corpo uma surpreendente reação instantânea. Às vezes, Barley se preocupava um pouco com o comentário vulgar das pessoas: "O que importa a idade? Há sempre o Viagra quando a novidade se esgota." Mas eis que, em 18 meses, não havia sinal de que se esgotasse. Doris mantinha a juventude de Barley, e os presentes que ele lhe dava eram devidamente retribuídos. Não era suborno nem pagamento, mas uma mostra de simples adoração. Barley tinha 58 anos; Doris, 32.

3

Preciso encarar a verdade a respeito de Doris Dubois. Ela proporciona fama e *status* a meu marido e vice-versa, o que para ele é irresistível. Diante disso, que chance eu tenho? Ela é a queridinha da mídia. Agora Barley tem sua foto publicada nas revistas *Hello!* e *Harper's & Queen*, e os dois formam um belo casal. Ela, de busto alvo e elegante, a transbordar de um Versace, pescoço reluzente de jóias; ele, de fartos cabelos grisalhos, ombros largos e forte mandíbula de industrial. Quando Barley estava comigo, nunca aparecera em nada mais importante do que o *Developer's and Builders'Bulletin*, embora já tivesse saído na capa. Mas ele é ambicioso e queria mais. Não podia ficar quieto. Tinha que ser *Hello!*, ou nada feito.

Barley é um desses homens de constituição imponente que alcançam posições de grande poder: seu maxilar foi ficando mais quadrado ao longo dos anos. E seu cabelo não perdeu volume à medida que se tornava grisalho. Ele é um homem e tanto, isso é visível. Se o mundo algum dia tiver clones humanos, os dois certamente terão uma posição de destaque nessas experiências. Disse isso outro dia a meu psicanalista, dr. Jamie Doom, e ele elogiou minha perspicácia.

Doze meses depois da nossa separação, seis meses depois do divórcio, parei de tentar convencer a mim e aos outros de que não perdera nada de muito valor ao perder Barley. Não mais o descrevo para os outros, como vulgarmente o fazem tantas esposas abandonadas, como sendo egoísta, tirânico, maldoso, irracional, incorrigivelmente neurótico e até mesmo louco. Ele não é nada disso. Assim como Doris, Barley é bom, amável, sensível, inteligente, bonito e capaz de amar muito. O problema é que oferece tudo isso a ela, não a mim.

4

— A questão é que sua ex-mulher não merece o seu nome — disse Doris, depois do café-da-manhã. Depois de ter colocado uma idéia na cabeça, ela não costumava esquecê-la.

— Ela é violenta, agressiva, cheia de ódio e rancor.

Os dois faziam a refeição no terraço, sob o sol da manhã. Doris tinha que estar no estúdio às dez horas, e Barley, numa reunião da Confederação das Indústrias Britânicas à mesma hora. Maria, a empregada filipina de Doris, servia café descafeinado e frutas, calorias cuidadosamente contadas pela nutricionista. Ross, o motorista de Barley, tomava café de verdade e comia um sanduíche de *bacon* quando passou para pegar o patrão.

— Estou ouvindo — disse Barley, cujo advogado lhe dissera que os juízes de divórcio ficariam mais bem impressionados se ele alegasse ter tido aconselhamento profissional. A lei favorecia as pessoas que aparentavam querer salvar o casamento, e o argumento de uma incompatibilidade básica com Grace seria mais útil no caso em questão do que o simples fato de ele querer ficar com Doris Dubois, uma mulher mais jovem. Como sempre, Barley transformava o tempo perdido em algo proveitoso, e agora era adepto da linguagem do entendimento e da compaixão.

— Melhor deixar isso para lá — acrescentou ele. — Lamento o perigo a que se expôs, mas você acabou saindo mais ou menos ilesa do incidente.

E Doris Dubois era, por certo, a criatura menos prejudicada que ele conhecia, ou melhor, que ele tinha levado para a cama: braços e pernas esguios, bronzeados; seios redondos, de belos bicos, que a maioria das mulheres magras só conseguem com implante, mas os de Doris eram naturais e conservavam a reconfortante textura da carne humana. A boca tinha uma curva suave, e Barley podia fixar sem embaraços os grandes olhos azuis da jovem mulher. Doris desenvolvera a arte midiática de prestar atenção em outra coisa enquanto olhava, sorria e acenava com a cabeça. Assim, ele podia reter seu olhar sem na verdade prendê-lo, e achava isso uma libertação. O amor intenso pode muitas vezes provocar embaraços. Ela era uma pessoa bem informada, e ele gostava disso. Barley passara grande parte da vida com Gracie, que nunca lia um romance e cuja noção de conversa era "sim, querido", "o que você disse, querido?", "onde esteve a noite passada?". Além disso, ficava passiva e obedientemente deitada de costas durante o sexo. Em sua companhia, ele havia esquecido o que era atividade mental. Muitas mulheres, ele notara, cuja aparência lhes garantia aceitação e aprovação desde a infância, costumavam negligenciar a inteligência e a sensibilidade, como fazia Grace; mas não Doris. Doris era capaz de enfrentar com garbo qualquer jantar. Talvez lhe faltasse um pouco de humor, mas, assim como um tapete persa de excelente qualidade, é preciso que haja uma falha no desenho; se não houvesse, isso seria uma ofensa a Deus.

— Não que eu queira me casar com você — observou Doris. — Casamento é uma instituição um tanto fora de moda, e eu sempre vou preferir ser conhecida como Doris Dubois, em vez de Doris Salt. Não suportaria ficar tão perto das últimas letras do alfabeto. Mas, se eu tivesse que ser oficialmente sua esposa, não apenas sua companheira, não gostaria que houvesse uma outra senhora Salt por aí.

Barley Salt sentiu o coração bater de alegria. Fizera o melhor jogo possível com as cartas que lhe deram quando nasceu, mas ainda havia mesas de jantar às quais se sentia deslocado, às quais sentia que zombavam dele, em razão de ter vindo ao mundo em condições rudes. Se a conversa girava em torno de ópera, literatura ou arte, ele ficava perdido. O fato de estar com Doris Dubois, que se mostrava tão à vontade com esses assuntos, era certamente uma vitória. E fora ela, apesar de todas as suas negativas, que trouxera o assunto à baila, não ele.

5

O que é isso? Uma carta do advogado de Barley? Ele quer que eu mude de nome? Quer me roubar a identidade? Não quer que eu seja mais Grace Salt? Oferece pensão adicional, quinhentas libras por semana, para que eu adote de novo o nome de solteira? (Pelo menos ele quer me comprar, não está ameaçando.) Quer que eu retroceda à condição de antes do casamento e tenha novamente 17 anos, que eu volte a ser a extinta Grace McNab? Nem me lembro quem ela era. Como é possível? O que foi que eu fiz? Sou tão inútil que ele não pode suportar o fato de eu ter um passado ligado ao dele? Devo deixar de existir completamente? Bem, posso entender. Vejam só! Tida pelo juiz como capaz de matar, rotulada como assassina em potencial. Barley deve sentir-se no direito de proteger a si e àquela mulher. É claro que quer me suprimir. O que sou eu além de uma mulher histérica que certa vez executou um ato gratuito, desnecessário, de violência (estou citando o juiz) e não merece nada melhor que isso? O homem pode buscar a autenticidade de seus sentimentos, conforme disse nosso conselheiro matrimonial ao descrever o amor de meu marido por Doris Dubois, mas a mulher não pode.

"Juiz joga sal nas feridas de Grace", dizia a manchete. "O drama de amor da esposa do milionário", e assim por diante. "*A rainha dos programas de arte na televisão roubou meu marido*, diz a mulher de Salt." Uma centena de rostos me perseguindo com lentes fálicas e *flashes*, e eu fugindo deles, enlouquecida, com um cobertor cobrindo a cabeça, a caminho da prisão. Quando reapareci, mais grisalha e mais gorda, um ano e três meses depois, a mídia tinha perdido o interesse no caso. Somente umas duas equipes de filmagem, uns jornalistas locais e um grupo de mulheres em busca de colaboração estavam à minha espera. As autoridades gentilmente me deixaram sair pela porta dos fundos, de modo que nem mesmo meu advogado me viu, e precisei ir para casa sozinha. Ou o lugar que hoje é a minha casa: Tavington Court, um grande bloco de apartamentos de tijolos vermelhos, estilo vitoriano, atrás do British Museum, onde divorciadas tristes se escondem, onde vivem velhas senhoras gratas pela atenção do porteiro e viúvas que vivem em digna solidão o que resta de suas vidas. O bloco ocupa uma rua inteira, e têm sorte aqueles que recebem a visita dos netos. Não tenho tanta sorte. Meu filho Carmichael provavelmente não faria isso para me agradar.

*

Todas as minhas conversas na época se davam com advogados e contadores, e tudo o que eles pareciam querer de mim era que eu pensasse na perspectiva da velhice, da doença e da morte.

Eu era vitoriosa, mas apenas no tocante ao que restava da minha vida solitária. E não creio que Carmichael quisesse que eu fosse morar em Sydney, "perto do meu filho", para incomodá-lo.

Hoje em dia a mídia perdeu completamente o interesse em mim. Está feliz com a felicidade de Barley e Doris. Eles se casaram na semana passada. O casamento estava estampado na *Hello!*, e a revista vendeu estrondosamente. Meu drama se tornou a embalagem de ontem do peixe empanado com fritas, e Doris seria a primeira a fazer essa observação! Não se vende mais peixe empanado com fritas embrulhado em jornal, a Comunidade Européia não permitiria, teria que vir em polietileno reciclável. Não gosto de ir sozinha a restaurantes, de sentar-me lá com meu livro e notar a piedade dos outros. É espantoso que eu conheça tão pouca gente. Minha vida de casada girava em torno de Barley; as pessoas que conhecíamos nos conheciam enquanto casal. Eu era apenas um apêndice. Elas têm pena de mim agora, e, quando as pessoas gentis, as que considero gentis, me convidam para alguma coisa, é sempre para um almoço, não para um jantar, e geralmente comemos na cozinha. É melhor que nada.

Não tenho mais a arte da conversa. Já fui boa nisso, mas, depois de anos de convivência com Barley, que sempre me reprimia com veemência e indignação se eu dissesse alguma coisa além de "sim, querido", "não, querido", adquiri a prudência do silêncio, e ele acabou por me considerar tola. Certamente não havia conversas atraentes, e, depois que saí da prisão, durante um tempo fiquei muda, tendo que ficar buscando palavras para expressar meus pensamentos.

Doris Dubois pode ser tudo menos muda. Não assisto a seu programa, é muito doloroso para mim; mas, às vezes, percorrendo os canais de televisão, eu me esqueço do que pode acontecer e a encontro apresentando seu programa *Artsworld Extra*. O programa vai ao ar duas vezes por semana. Horário nobre, nove da noite, às quintas-feiras. Reprisa tarde da noite às segundas. Sua figura perfeita, cabelos curtos, com um corte maravilhoso, o sorriso radiante, a desenvoltura com que expõe as idéias, a inteligência notável, o fato de ser tão bem informada, tudo isso é impressionante — o pior que se poderia dizer a seu respeito é que ela é um verdadeiro espanto. E por que alguém — sem uma razão muito especial — haveria de falar mal dela? Eu mesma tenho dificuldade para fazer isso.

Doris Dubois agora tem o nome de Barley — embora, pelo que observei, ela não se dê ao trabalho de usá-lo —, bem como o amor, o tempo, a atenção e o dinheiro do marido. De vez em quando, contrato um detetive para segui-los, um certo Harry Bountiful. Que nome esplêndido! Eu o escolhi por causa disso, folheando as páginas amarelas. Doris e Barley se encontrarão na Aspreys, em Bond Street, depois irão à Gucci, onde ele talvez compre um par de sandálias, o melhor calçado para passear por St. James Park e alimentar os patos. Em seguida, passarão por Apsley House, o endereço número um de Londres, construída para o duque de Wellington, o que derrotou Napoleão. Lá verão o belo quadro eqüestre do duque, pintado por Goya. Se olharem bem, notarão a sombra esmaecida de um chapéu tricolor começando a sobressair da superfície do quadro. O retrato era originalmente do "rei" José Bonaparte da Espanha, irmão de Napoleão. Mas, como o duque e suas tropas vitoriosas estivessem às portas de Madri e o usurpador tivesse fugido, Goya prudentemente pintou uma nova cabeça no corpo e vendeu o quadro ao duque. O artista precisa ganhar a vida. Por que desperdiçar um artigo tão fino?

Ou talvez Barley e Doris vão, de mãos dadas, à Bulgari, em Sloane Street, onde contemplarão algum bracelete de aço incrustado de rubis, para o braço esguio de Doris. Ficarão, então, resolvendo se compram ou não compram, mas provavelmente comprarão. Porque ela merece. Por que ela é *ela*. Irão também a South Ken., e ao Victoria and Albert Museum para observar, digamos, o aparelho de jantar em porcelana de Sèvres que já pertenceu (1848) à rainha Vitória, e Doris comentará com Barley a preciosidade do aparelho, a ponto de o curador permitir que o toquem. Os dois são, afinal, um casal importante, e ela tem amigos bem-posicionados na área da cultura.

Graças a sua nova mulher, Barley agora é capaz de julgar a qualidade dos pratos dispostos à sua frente, sabe distinguir entre porcelana e louça, e compreender que as duas coisas não podem se fundir. Conhece também os limites do mau gosto e da falta de refinamento. Doris é para Barley um curso ambulante de belas-artes. Estão apaixonados; talvez dediquem mais tempo e atenção um ao outro do que poderiam. A audiência de Doris caiu um pouco; os dividendos de Barley oscilam. Isso porque, segundo Harry Bountiful, a vida real segue seu caminho. Mas os dois, que descobriram um ao outro recentemente, formam um casal abençoado. Golpes de sorte surgem para eles. Na semana passada, Doris acertou cinco números na loteria e ganhou mil e duzentas libras. O mais novo bloco de escritórios de Barley ganhou um prêmio de arquitetura. Talvez Doris fosse próxima de um dos avaliadores.

Tentei explicar no tribunal que eu não odiava Doris, propriamente, apenas queria que Barley percebesse a intensidade do meu sofrimento e do meu desespero.

— A senhora achava mesmo que, atropelando a amante de seu marido num estacionamento — interrogou o juiz Tobias Longue —, ele ficaria penalizado com sua situação? Nesse caso, embora já tenha vivido bastante, a senhora não conhece muito bem os homens. Por Deus, agora é que ele terá todas as desculpas possíveis para deixá-la. A senhora entregou-lhe o ouro nas mãos.
Tobias Longue era um desses advogados que escreviam *thrillers* e só recentemente fora promovido a juiz. Tinha olhos e ouvidos treinados para detectar dramas. Estava tanto a

meu favor quanto contra mim. Não havia testemunhas. Era a palavra de Doris contra a minha. O que eu disse de mais comprometedor no tribunal foi que Doris havia torcido o pé ao pular de lado, desviando-se do meu Jaguar; mas vejam-na agora a entrar na sala de audiências, mancando, pálida e séria, para falar tolamente em perdão.

— Ela não está em seu juízo perfeito — disse Doris ao juiz Tobias Longue. — Vi de relance seu rosto através do pára-brisa, dentes à mostra, olhar fixo, de loucura, bem no momento em que a roda passou em cima do meu pé. Senti então uma dor incrível e desmaiei. Meu medo, quando caí, era que ela voltasse em marcha à ré e me esmagasse com aquele carro pesado. Ela precisa de tratamento, não de punição. Está desequilibrada, paranóica, é uma obsessiva-compulsiva. Sofre de ciúme patológico. Conheci o marido dela quando ele foi ao meu programa; tivemos um relacionamento de colegas no estúdio de um canal de televisão a cabo. Mas isso é tudo que tenho a dizer. Meu Deus, Barley Salt é 25 anos mais velho que eu, e eu o vejo como um pai.

Ela falava de modo eloqüente e persuasivo, de acordo com sua profissão. E eu tropecei nas minhas palavras. Claro que acreditaram nela.

Mais tarde, ela declarou à imprensa:
— Pobre senhora Salt. Receio que ela já pertença ao passado, que seja uma dessas mulheres lascivas que presumem

que, quando um homem e uma mulher se encontram a sós, algo de sexual esteja para acontecer.

A imprensa convenientemente esqueceu, ao cobrir o casamento de Barley e Doris, que, na época do julgamento, os dois haviam negado com veemência que tivessem algum envolvimento romântico. É claro que havia, desde o início no Green Room, depois que todo mundo já tinha ido para casa, depois de ele ter falado no programa de Doris a respeito da necessidade de patrocínio para as artes por parte das grandes organizações empresariais. Assisti a esse programa como o faria uma esposa orgulhosa e notei o modo como ela olhava para ele, o modo como Barley inclinava o corpo na direção de Doris. Ele só voltou para casa de manhã cedo e, quando se deitou na cama, cheirava a estúdio de televisão, a eletricidade estática, a sexo e a algo pegajoso e nocivo que não pude identificar.

O processo se estendeu por cinco anos, fui condenada a três e cumpri só 15 meses. O juiz foi o menos punitivo entre todos os envolvidos. Ao menos ele reconhecia a provocação. Afirmou na sentença que fora uma tentativa tola atropelar Doris no estacionamento do supermercado e que ela facilmente conseguira se esquivar. E é verdade, ela tem boas pernas e somente 32 anos. Aos 55, já tenho um joelho artrítico, embora ele não tivesse me atrapalhado quando pisei no acelerador. A dor na alma é sempre pior que a dor física.

*

Só depois de um ano com o dr. Jamie Doom, o psicoterapeuta da televisão — ele aceita tratar de alguns pacientes particulares —, é que consegui encarar os fatos relativos a esse assunto. Doris Dubois é um ser humano superior a mim em todos os sentidos, e homem nenhum em sã consciência haveria de me preferir a ela, na cama ou não, enquanto esposa, companheira ou amante. Eu me vejo no espelho, noto que meus olhos perdem o viço, sei que eles já viram muita coisa e que não há como fazê-los recuperar o brilho. O que nos faz envelhecer é a experiência, e não há como se esquecer disso.

— Mas você não tem raiva? — pergunta o dr. Jamie Doom.
— Você precisa tentar encontrar sua raiva.
Mas não consigo.

Talvez Deus me recompense por ter chegado a um acordo, como diz o dr. Doom, com a minha mágoa. Estou certa de que ninguém mais fará isso. Esta noite irei a uma festa oferecida por um dos casais gentis, *Lady* Juliet Random e seu marido *Sir* Ronald. É um leilão beneficente em prol das crianças abandonadas. Fui convidada não só por bondade, mas também porque talvez possa contribuir com umas cem libras para a causa de *Lady* Juliet. Nada que se compare aos milhares que outros doam — situo-me apenas na quinta ou sexta faixa de renda, agora que vivo de pensão —, mas sem dúvida minha possível doação compensaria o champanhe e os canapés que vou consumir. Ao menos não preciso me preocupar com um eventual encontro com Doris e

Barley na casa de *Sir* Ronald: eles agora circulam em meios artísticos e políticos mais elevados. As festas a que comparecem são freqüentadas por ministros da Cultura, gurus da indústria do lazer, poderosos dirigentes de museus, milionários da Internet, figurões da BBC e assim por diante. Mas vou dizer uma coisa: de vez em quando eu poderia surpreender Barley e fazê-lo rir. Acho que Doris é capaz de fazer qualquer coisa por ele, menos isso. Ela faz tanta questão de agradar a si própria e a ele que não tem tempo para brincadeira. Mas acho bem provável que, com a idade, até meu riso se transforme num cacarejo de bruxa.

6

— Quem é aquela mulher sentada no canto? — perguntou o jovem Walter Wells a *Lady* Juliet. Ele a estivera observando. Ela se mantinha como numa pose para um retrato. Ele a achou adorável, fosse quem fosse. Já não era tão jovem, é verdade, mas isso lhe dava uma melancolia tristonha e exuberante; desde a infância que ele se sentia atraído por imagens como a da rosa escarlate, cujas pétalas aveludadas o vento arrebata. Walter Wells pensava que talvez tivesse nascido tão poeta quanto artista. Embora estivesse então com 29 anos e ganhasse a vida pintando retratos, ele às vezes achava que seu coração estava mais nas palavras que nas imagens. Por mais, porém, que a pessoa tenha talentos múltiplos, não se pode fazer tudo, e a imagem paga mais que as palavras neste novo século. Com tantas línguas a serem aprendidas, do urdu ao servo-croata, as pessoas houveram por bem recorrer aos símbolos. A mão espalmada é mais eficaz que a palavra "pare", uma luz verde com a imagem de um homem correndo é preferível à palavra "saída". Então ele tomara uma decisão prática e fizera a faculdade de artes, descobrindo depois que o artista tem tantas possibilidades de viver num sótão quanto um poeta, a menos que tenha muita sorte.

Era em busca de sorte que ele estava ali no leilão beneficente, não conhecia ninguém, em meio a pessoas de outra geração. Ele é quem havia pintado o retrato de *Lady* Juliet Random, que a qualquer momento seria leiloado em benefício das crianças de Little Children Everywhere, a instituição de caridade predileta de *Lady* Juliet. Ele gostava de *Lady* Juliet e queria agradá-la; ela era bonita, descontraída, fácil de pintar e só tinha coisas boas a dizer a respeito de todo mundo. Bem que ele gostaria que suas retratadas fossem mais como ela, assim curvilínea. É bom pintar curvas, mas, conforme sua experiência, caso agraciasse as retratadas com tais formas, elas o acusariam de as fazer parecer gordas.

— De quem você está falando? — perguntou *Lady* Juliet.

— Daquela mulher de vestido de veludo molhado? Meu Deus, esse tipo de tecido saiu de moda uns trinta anos atrás. Mas fico feliz em ver que ela está fazendo um esforço. É a pobre Grace Salt, aquela que tentou atropelar Doris Dubois com o Jaguar num estacionamento de supermercado. Já deve ter ouvido falar dela, não?

— Não.

— Ah, vocês artistas! Recolhidos em seus sótãos, longe do mundo.

O retrato de *Lady* Juliet pintado por Walter deveria ser a peça principal do leilão. Ele, aliás, pintara dois retratos, um que ficaria com *Lady* Juliet, e uma cópia para o leilão, feita de graça, a título de doação para a Little Children Everywhere. *Lady* Juliet o persuadira e sensibilizara, o que ela sabia fazer muito bem, lábios que imploram, olhos em súplica. Ele fizera o trabalho adicional e não se queixara, embora ela não tivesse sequer se oferecido para pagar a tinta e a tela. As pessoas não se dão conta de que essas coisas custam dinheiro. Os Random ficaram felizes com o retrato; penduraram-no em lugar de destaque na parede da biblioteca na casa de Eaton Square, lugar austero, sólido, com pilares e degraus, pintado em cor creme e aparência de infinita platitude, mas ao menos ele sabia onde estava. A cópia iria para uma casa desconhecida. Ele não gostava disso.

— O escândalo dos Salt saiu em todos os jornais — comentou *Lady* Juliet, pegando o braço de Walter, como costumava fazer. Estava charmosa e magnífica, era uma arte ser tão nobre e adorável, inspirando nos outros mais admiração que inveja. Tinha um rosto tranqüilo, sereno e infantil, traços pequenos, uniformes, boca desenhada pelo riso; se não tinha nada a dizer, ficava em silêncio, ao contrário da maioria das pessoas em seu círculo de relacionamentos. Vestira-se para a ocasião como se fosse posar para o retrato, de branco, tecido rente ao corpo, cabelos fartos, provavelmente louros, enrolados no alto da cabeça. Ao redor do pescoço, caindo em anéis de cor viva, em contraste com a pele firme, sedosa, havia um colar Bulgari de aço e ouro, incrustado de cabochões de esmeralda, rubis, safiras e diamantes, uma jóia dos anos 1960, segurada em 275 mil libras, quantia que Walter a ouvira pronunciar enquanto ele trabalhava.

Sir Ronald aparecera mais de uma vez no jardim-de-inverno, turvando a luz com fumaça de charuto, como era seu costume, e questionando o critério de as jóias não estarem guardadas no banco. Será que Walter não podia trabalhar a partir de uma fotografia? Mas *Lady* Juliet respondera que a autenticidade era importante, as boas qualidades não deveriam permanecer ocultas, nem as jóias em cofres de banco, sob pena de perder a magia; que sentido havia em ter tais coisas se o mundo não soubesse de sua existência? Do que ele tinha medo, afinal? De que Walter fugisse com as jóias? De que as fizesse escorregar para dentro do bolso? Walter tinha um espírito poético demais para roubar alguma coisa. Era um artista, todo mundo sabe que os artistas estão acima das coisas materiais.

Pois era o que os Random acreditavam, em sua ingenuidade, pois Walter estava recebendo apenas 1.800 libras para pintar o retrato — na verdade, dois —, e eles ainda se julgavam generosos, acreditavam ser bondade deles dar trabalho a um artista relativamente desconhecido, confiar nele, apresentá-lo a camadas da sociedade em que o ganho dos artistas estava mais para 18 mil libras por um retrato do que para as 1.800, por dois retratos, o que representava trezentas libras por semana, em seis semanas de trabalho. Ele preferiria pintar paisagens: o tempo vivia mudando e também a luminosidade, mas ao menos a paisagem não saía do lugar.

— Então você quer ser apresentado à mulher de vestido de veludo molhado, sentada no canto — disse *Lady* Juliet, sempre feliz em agradar. As jóias de seu colar brilhavam quando a luz nelas incidia; pareciam mágicas e belamente vivas, e ele esperava ter captado na tela essa intensidade; é o mínimo do que tinta e pincel deveriam ser capazes. Mas, no geral, ele estava satisfeito. A cópia, pensou Walter, saíra um pouco melhor que o original; ele caprichara nas pedras preciosas, retocando-as, mas era o único que notaria isso. Apenas uma pessoa em cada cem notaria alguma coisa.

— Você tem apenas dez minutos antes de o leilão começar — disse *Lady* Juliet. — Eu quero que você vá até o palco e fale um pouco sobre arte para eles, e ser tão lânguido e adorável quanto possível, o que não significa que você não seja. Eles pensarão que você é fotogênico e que tem futuro e os preços triplicarão. Mas, seja como for, fale com Grace antes. Eu a quero de bom humor. Barley deu a ela uma bela compensação, no mínimo três milhões, provavelmente mais, nenhum de nós gosta de falar em altas somas na imprensa, podem achar que somos gente graúda, e eu detesto ser chamada de algo parecido com "gorda", mesmo admitindo que estou. Little Children Everywhere precisa de mulheres como Grace. Os pobres deste mundo poderiam viver com parte das pensões que existem por aí. Esse é um setor em crescimento, há um grande futuro nesse mundo de tantos divórcios, de casamentos múltiplos. Que o dinheiro para a beneficência venha não só em casos de morte, mas também de divórcio e dos acordos dele decorrentes. Vivemos muito bem com champanhe e canapés, não acha? Mas o que fazer? O mundo é o que é. Só podemos mudar aquilo que está ao nosso limitado alcance.

Então Walter Wells foi apresentado a Grace Salt no leilão beneficente dos Random. Havia a mesma diferença de idade entre os dois do que a existente entre Doris e Barley. Vinte e seis anos separavam Grace de Walter, vinte e seis separavam Doris de Barley.

Walter viu uma mulher triste, sombria, olhos brilhantes e expressão gentil, de surpresa, como se estivesse vendo o mundo pela primeira vez. Era o mesmo olhar que tem um bebê de cerca de um ano depois de aprender que, para andar e correr, é preciso desenvolver a indiferença em relação a cantos pontiagudos. Ele achou que ela devia ter uns quarenta anos; mais velha que ele, em todo caso, mas quem estava contando a idade? Seu vestido era de veludo molhado, vermelho-escuro, cor e textura que ele ansiava colocar numa tela. O vestido estava abotoado até o pescoço, e as longas mangas terminavam em punhos cobertos, como se ela precisasse de toda a proteção que o tecido pudesse lhe proporcionar. Não usava jóias além de pequenos brincos de pérola, com fecho a comprimir a orelha.

Claro que ele pensou em rosas: sua mãe, mulher de pastor, cultivava rosas dessa cor, extremamente perfumadas, no jardim da residência presbiterial, onde ele passara grande parte da infância. Ela lhe dissera que a rosa se chamava Flor de Jerusalém: de um rosa comum enquanto botão virginal, mas que vai se transformando em carmesim ao longo das semanas da floração, até que as pétalas se tornem todas pretas e comecem a cair, soltando-se do precioso centro que antes a guardara com tanta firmeza.

Grace Salt estava sozinha, sentada a ouvir o quarteto de cordas que tocava sob uma espécie de pórtico cor-de-rosa, instalado acima de um estrado azul transparente, iluminado de baixo para cima, luz que projetava nos músicos um brilho fantasmagórico. Uma firma chamada Fund Raisers Fun fizera a instalação e também providenciara as cadeiras douradas, o champanhe e os canapés. A instalação toda contrastava estranhamente com o sóbrio *chintz*, os objetos antigos e o solene conjunto do resto da casa.

Ele sentou-se perto dela, no sofá de seda verde furta-cor. Ela esqueceu o nome dele logo depois que *Lady* Juliet os apresentou e se afastou, mas Grace educadamente perguntou o que ele fazia. Ele respondeu que pintara o retrato que seria a peça principal do leilão. Ela disse que gostava muito do retrato, que realçava a bondade de *Lady* Juliet.

— *Lady* Juliet não quer parecer apenas bondosa — disse Walter. — Prefere ser vista como uma pessoa importante. Tentei fazê-la parecer severa, mas a arte do retratista é trazer à tona a alma do retratado, e o retrato acabou sendo o que tinha que ser.

Ele criara esse comentário uma hora antes para o apresentar aos colunistas de fofocas que enriqueciam a noite com suas presenças. Walter o achou um tanto estereotipado, mas os colunistas se deixaram levar.

— Sei que *Lady* Juliet é bondosa — respondeu Grace —, pois sempre me convida para almoçarmos juntas. Não o bastante para me convidar para um jantar, é claro. Mas mulheres sozinhas, sem nenhum talento ou estilo especial, representam um desperdício que transgridem as leis suntuárias.

O pastor pai de Walter costumava mencionar as leis suntuárias quando o menino queria uma bicicleta ou um novo par de tênis, coisas que outras crianças do povoado não podiam se dar ao luxo de ter. Consumo ostensivo sempre fora visto como ofensa a Deus e aos homens; na Idade Média havia leis relativas a isso. Gastar demais ou prodigamente era algo passível de punição. Walter não ouvia falar das leis suntuárias desde a morte do pai, e, embora elas o tivessem irritado profundamente na época, agora passavam a fazer parte do repertório nostálgico que compunha a lembrança de seu pai. Ele achou que ela compreenderia seu coração.

Ele disse ter certeza de que ela poderia, se quisesse, encontrar um companheiro; ela, uma mulher tão bela.
— Que lisonjeiro! — respondeu ela. — Mas absurdo. Você me lembra meu filho Carmichael.

Mas ela se animou um pouco, e sorriu para Walter com uma espécie de meio sorriso nebuloso, que ele achou encantador, como se ela agora realmente o enxergasse. Ele gostava da voz de Grace, rouca e profunda, como se ela tivesse fumado e bebido a vida inteira, embora tivesse recusado o champanhe oferecido pelo garçom e preferido água mineral.

Walter achou que gostaria de ver, ao acordar de manhã, o rosto de Grace no travesseiro ao lado do seu. Os que ele muitas vezes vira eram brutais na autoconfiança e na auto-estima, de pele lisa, sem marcas de cansaço nem de dúvida. Esses rostos o aborreciam. Ele se sentiu da mesma idade que Grace, ou talvez mais velho, traído por um corpo que demonstrava todo o vigor da juventude, em contraste com a alma já calejada e cansada do mundo. E ela não lhe fazia perguntas, como outras mulheres que haviam se mudado para seu frio estúdio no sótão, atraídas por seus livros, seus cavaletes, pelo romantismo das manchas de tinta na madeira das mesas, da cama de metal desfeita, mulheres que em poucas semanas passariam a ter ciúme da atenção que ele dedicava às telas, não a elas, e a dizer que pintar não era um trabalho adequado. E elas voltariam a seus escritórios famosos e elegantes, de propaganda, de relações públicas, ou do que quer que seja, voltariam a empregos bem melhores do que qualquer um que ele possivelmente conseguisse. Certa noite elas simplesmente não retornariam para casa, e, dois dias depois, um irmão, algum amigo gay ou o pai haveriam de aparecer para pegar suas coisas.

*

O fato de o estúdio receber uma boa luz norte, de o frio intenso por algum motivo aumentar a intensidade da cor, nada disso parecia tê-la impressionado: a ternura com a qual ele fazia amor não compensava sua relutância em ligar o aquecimento central. Isso acontecera um número suficiente de vezes — bem, duas em dois meses, no ano passado — para que ele sentisse que a vida seria assim, e não havia muito a se fazer a respeito. No entanto, ele detestava viver só. A arte proporcionava uma frugal companheira de cama. Uma mulher mais velha haveria certamente de ser mais sensível ao modo como ele vivia, àquilo que o motivava a viver. É verdade que a pele ao redor do maxilar de Grace estava um pouco flácida, linhas curvas atravessavam seu rosto e o canto da boca, e o contorno entre o lábio e a pele do rosto estava um pouco indistinto, mas ela estava em boa forma. Ele queria pintá-la. Queria estar com ela. Ele a queria em sua cama. Meu Deus, pensou ele, isso é amor à primeira vista. Sentindo que precisava fumar um cigarro, perguntou-lhe nervosamente se ela se importava. Grace já fora, disse ela, fumante inveterada, mas deixara de fumar na prisão. Era tão horrível lá dentro que parecia não importar que se tornasse um pouco mais horrível ainda. Ele podia fumar. Ela não se importava.

— Prisão! Por qual motivo... — Walter estava pasmo.

— Tentativa de assassinato — respondeu ela.

Lady Juliet se aproximou e carregou Walter Wells como uma gata que agarra o filhote pela nuca e o leva a um lugar seguro. O leilão estava para começar.

— O que quer que eu diga exatamente? — perguntou ele.

— Que a arte beneficia a humanidade, esse tipo de coisa. Não se preocupe. A sua aparência é mais importante do que aquilo que você disser. Ninguém vai ficar ouvindo, só olhando. Às vezes, ninguém dá lance nenhum, e o leiloeiro precisa ficar tirando leite de pedra. É muito embaraçoso. Mas, eu e você estando presentes, podemos conseguir um bom preço.

Walter Wells, que não estava acostumado a falar em público, pediu que ela lhe desse ao menos algumas idéias de como a arte poderia ajudar a humanidade, e, a caminho do palco, *Lady* Juliet lhe disse que falasse da moralidade da estética e de como seria bom que as pessoas que detêm grandes negócios, entre os quais as belas-artes, fizessem alguma coisa pelas que não têm recursos. E também, talvez, que ele mencionasse o quanto ela, *Lady* Juliet, dedicara seu precioso tempo livre para promover o leilão.

— Deseje-me sorte — disse ele a Grace ao se afastar. Mas ela não respondeu; estava observando, como todo mundo, o casal que acabara de entrar na sala. Até o quarteto de cordas titubeou em meio à frase musical. Todos os olhares se voltaram, como se tratasse da realeza, na direção de um senhor bem-aparentado, de uma certa idade, que vestia um terno caríssimo — Walter muitas vezes já pintara esse tipo de homem, presidente de empresa, sentado a uma grande escrivaninha de carvalho ou encostado a alguma coluna da sede da companhia, algo bem pouco original —, e de uma mulher mais jovem, de nariz marcante, boca de traços firmes, num vestido flamejante e com uma faixa de sólido e bom ouro ao redor do pescoço, como se todo o ar da sala, em remoinho, a tivesse escolhido para ser o centro. É sempre muito difícil transportar para a tela esse tipo de coisa, essa sensação marcante de presença, como se os poucos que o destino escolheu para ser assim raramente ficassem sem se mover. Essas pessoas nunca paravam quietas.

7

Doris Dubois e Barley Salt viram-se sem ter o que fazer depois da *Caesar salad* e da água com gás do almoço no Ivy. Barley já tivera o hábito de pedir peixe frito, grossas batatas fritas e polpudas ervilhas, mas Doris lhe dera um tapinha afetuoso na barriga, dizendo que uma figura esguia era sinônimo de juventude, que um homem de coração tão jovem quanto ele deveria ter uma silhueta adequada. Era notável a rapidez com que comidas pesadas e gordurosas passaram a ser vistas como algo grosseiro; e a cintura acompanhava a lógica. Mas ele tinha uma inquietação, como se a serenidade se situasse em tecidos adiposos e somente os prazeres sexuais com Doris pudessem aplacar o sentimento de que algo, em algum lugar, não ia lá muito bem. Não que ele sentisse falta de Grace: seu humor discreto, perspicaz e ocasional passara a significar uma fuga do sentimento verdadeiro; ele se sentia seguro com a seriedade de Doris e com o fato de ela apreciar as coisas finas da vida. Se sentia falta de Grace era do mesmo modo que um jovem ao entrar para a faculdade sente falta da mãe: sabe que deve crescer e viver sem ela, mas de vez em quando anseia pelo conforto do lar.

Mas o lar, a mansão em que ele e Grace haviam morado, de modo tão informal, e perdido os dois quase todo o fugaz interesse sexual, agora com Doris se transformara num turbilhão de pedreiros, *designers* e peritos em seguros, povoada demais para se fazer sexo durante o dia. Não fazia, portanto, sentido ir lá antes das sete, quando a maioria das pessoas ia embora; mas Doris precisava voltar à cidade às oito, pois iria ao ar, ao vivo, às dez. Assim, os dois decidiram ficar na cidade: Doris consultou a agenda digital e encontrou um convite para um leilão beneficente à noite na casa de *Lady* Juliet.

— *Lady* Juliet! — exclamou Barley. — Pessoa agradável! Minha ex-mulher e eu costumávamos nos dar muito bem com os Random. Não os tenho visto muito depois do divórcio. Ele está no ramo de recuperação de metais raros. Compra armas nucleares desativadas e extrai o titânio.

— Preservando a riqueza natural do planeta — disse Doris. — Muito bem!

— Não estou certo de que seja esse o principal motivo — retrucou Barley, bruscamente. — Muitos russos ficam expostos à radioatividade nesse processo.

— Querido — disse Doris —, você não deveria ser tão cético. Não é agradável. Vamos lá? Há uma festa na British Library Manuscripts Room, mas ficam tão nervosos se a gente espirra champanhe no Livro de Kells ou algo do tipo que não dá para se divertir. Um leilão beneficente numa casa particular pode ser um bom passatempo, e é sempre fascinante ver como outras pessoas vivem. — Doris queria se dar bem com os Random. Se Grace conseguia, ela também haveria de conseguir.

— Eles são muito chatos — disse Barley com cautela. — Não têm muitos livros em casa, mas ela é uma pessoa agradável.

Como Doris não tivesse o que vestir, eles foram a South Molton Street de táxi — a mãe do motorista de Barley estava doente —, desceram no final da rua, caminharam até Browns, e Barley ficou olhando Doris comprar um vestido reto de seda de um costureiro japonês, em amarelo, laranja e dourado. Moças altas, sensuais e discretas a atenderam — havia senhoras à espera — enquanto ele ficava observando de mãos nos bolsos. Nem em um milhão de anos Grace gastaria tempo e dinheiro desse modo; ele adorava isso e disse a Doris que adorava.

— Sim, querido, mas lembre-se de que meu manequim é 38 e o de sua ex-mulher, 42 no mínimo, talvez 44, e mulheres assim não vão muito às compras.
Doris talvez vestisse manequim 36, mas a BBC insistia em que ela não ficasse muito magra. As apresentadoras deviam transmitir a mensagem certa ao país. Do contrário, ela teria pedido no almoço salada simples, não a *Caesar salad* com torradas e molho. O vestido custou seiscentas libras, e Barley pagou. Mas Doris estava vendendo seu apartamento em

Shepherd's Bush e insistiu em dizer que devolveria o dinheiro no devido tempo. Ser mimada era divertido, mas ela gostava da sua independência.

Depois caminharam pela Grosvenor Square e ficaram observando umas crianças japonesas correrem atrás de pombos até que a mãe as chamasse. Em seguida, foram a Bond Street, onde viram a decoração pêssego e creme da Bulgari, e outras moças charmosas, homens também, lhes mostraram jóias sob fortes luzes. Acabaram escolhendo uma peça moderna e fulgurante: um colar, com listras de ouro branco e amarelo e três moedas antigas incrustadas, a armação imitando os contornos irregulares do bronze envelhecido e fino. A jóia combinava perfeitamente com o vestido japonês, embora fossem artigos de diferentes culturas. Barley pagou por ela 18 mil libras, e os dois a levaram consigo. Doris então silenciou quanto a devolver o dinheiro. Mas de que serve o dinheiro senão para gastar? Barley ganhara muito bem com a construção do complexo Canary Wharf. Todo mundo (inclusive Grace) o aconselhara a não correr esse risco, mas valera a pena; além disso, hoje em dia, dinheiro chama dinheiro. Cada vez mais e mais. Doris gostava do fato de ele ser um homem que aceita riscos. Mais uma caminhada, agora até Heywood Hill, onde Doris era extremamente bem-vista pelo dono, brilhante e gentil, a fim de que ela ouvisse as recomendações para seu clipe *Out of the Past*; e já seria hora de ir para a casa de *Lady* Random. Eles aproveitavam cada minuto do tempo que tinham; essa era a natureza dos dois. Grace tinha o costume de ficar sonhadora, sem fazer coisa alguma, e Barley sentia-se um pouco cansado ao chegarem os dois à inexpressiva casa de colunas. A *Caesar salad* não é o bastante para sustentar um homem acostumado a vida toda a peixe frito, batatas fritas e ervilhas, mas ele achava que os canapés na casa dos Random seriam substanciosos e nutritivos; nem tudo devia ser dietético.

— Meu Deus! — exclamou Doris, depois de trocar-se e fazer sua entrada em toda sua cara simplicidade. — Acho que é sua ex-mulher que está ali. Como é possível que ela esteja num lugar como este? — *Lady* Juliet gentilmente deixara Doris trocar-se em seu quarto de vestir, onde Doris apreciara vários vidros de perfume, mas silenciara a respeito da decoração, que favorecia o fauvismo, e lembrava-lhe o fundo contra o qual ela apresentava a parte de crítica literária do programa de televisão. A literatura era considerada assunto valioso, mas o cenário era concebido para tornar o conteúdo o mais atraente possível. As duas mulheres tiveram uma rápida conversa antes de *Lady* Juliet discretamente deixar Doris sozinha para trocar-se. Durante a conversa, *Lady* Juliet disse a Doris que ela e Barley deviam vir jantar um dia, e Doris convidou os Random para uma visita a Wild Oats (nome com que rebatizara a casa de campo de Barley, que também já fora de Grace) num fim de semana de agosto, caso eles não fossem às Bahamas. Mas havia algo na atitude de *Lady* Juliet que deixou Doris incomodada: Doris fora precisa em relação à data; *Lady* Juliet, não. Doris sentiu-se esnobada e não estava acostumada a isso.

— Barley — disse ela —, tire sua ex-mulher da sala ou não posso ficar aqui. Chame a polícia ou faça alguma coisa. Ela é uma assassina.

— Querida — respondeu Barley, acenando para Grace, do outro lado da sala —, ela é capaz de matar e é também assassina em potencial; o juiz Tobias concordou com você. Mas já cumpriu pena, e não imagino que vá atacar você aqui e agora.

— O inferno não é tão terrível quanto uma mulher rejeitada — disse Doris, que resolveu se controlar por um tempo ao ver um jovem de extraordinária beleza diante do retrato do qual devia ser o pintor. O retrato era de *Lady* Juliet Random e ele a fazia parecer bondosa, bela, inteligente e serena, num estilo que lembrava levemente Rubens. Era assim que Doris gostaria de parecer: às vezes as pernas podem ser longas demais; os rostos finos demais; os cortes de cabelo parecidos demais com o estilo princesa Diana, assim representados com a intenção de agradar. Ambiente ao redor demasiado televisivo. O mundo talvez considerasse Doris o artigo mais sensacional desde a geléia de microondas, para não falar de seu novo marido milionário "made in England", mas a própria Doris tinha lá suas dúvidas. Era possível conseguir tudo isso com estilo e vigor e mover-se tão rapidamente que ninguém teria tempo para perceber as falhas, mas *Lady* Juliet conseguia parecer bem mesmo quando calma e em repouso. E ela nunca sairia de moda, como podia acontecer com Doris, e Doris sabia disso. Um dia o mundo poderia queixar-se de vê-la na televisão e dizer "ela de novo!".

Doris precisava juntar riqueza e autoconfiança para enfrentar esse dia.

Em volta do pescoço pintado, firme e sem rugas de *Lady* Juliet Random, havia uma rara e colorida jóia Bulgari, um colar em ouro vermelho e aço, porcelana brilhante e escuro rubi. Doris logo chegou à conclusão de que precisava tê-lo. À tarde, ela e Barley haviam visto um parecido, mas não muito, na joalheria Bulgari; não o escolheram e acabaram levando aquele que ela usava no momento, uma peça não tão digna de nota, talvez, mais apagada, mais "do momento". Além disso, custara uma fração do preço: 18 mil libras, não 275 mil, e Doris sinceramente esperava que esse fator não tivesse contado para a escolha de Barley. Ela falara em devolver o dinheiro, é claro, mas ele certamente sabia que isso estava fora de cogitação. Ela era uma trabalhadora; ele, um homem rico. Ele a amava e devia prová-lo. Não havia nada que ela odiasse mais do que um homem mesquinho. Gostava do colar que estava usando, com as antigas moedas romanas e estilo romano contemporâneo, claro que gostava, mas agora ela simplesmente queria também a jóia de *Lady* Juliet.

Aliás, ela não se lembrava de querer tanto alguma coisa desde a ocasião em que, vinte anos antes, Andrew, seu pai, o empreiteiro iugoslavo, comprara para sua mãe, a garçonete Marjorie, um anel de brilhantes da Ratners, em comemoração ao aniversário de casamento. Isso acontecera quando do décimo terceiro aniversário de Doris Zoac. O pai casara-se com a mãe bem a tempo para o nascimento: aliás, foi quando a mãe disse "sim" que entrou em trabalho de parto. Ou assim é contada a história da família. Doris sentia-se, portanto, muito ligada ao casamento e ansiava também por um anel de brilhantes, mas ganhara de presente apenas uma penteadeira horrorosa de plástico cor-de-laranja. Ela reprimira seus sentimentos e fora para o quarto. Todo mundo tem seus problemas.

O leilão havia começado. Ela puxou o braço de Barley.
— Barley — disse ela —, quero aquele colar. O do retrato.
Ele estremeceu de desgosto, embora a amasse muito. Eu quero, eu quero, eu quero! Lembrou-se do que a mãe costumava dizer-lhe quando ele era pequeno e queria um par de sapatos impermeáveis ou um pedaço de pão antes de ir para a escola. "*Então você deve ser escravo do desejo.*"

Grace ao menos entendera a pobreza; nunca a vivera na carne, é claro: era a mais velha das três filhas de um médico de boa família de Harley Street. Nunca passara fome, nunca passara por dificuldades físicas, o castigo do frio ou dos sapatos molhados que precisam ser usados por falta de outro par. Seus pais foram amáveis e gentis, talvez até sem imaginação. Gostaram razoavelmente de Barley quando ela o levou para casa, e ele lhes dera a oportunidade de se orgulhar da falta de esnobismo. Admiraram a aparência de Barley, seu pulso, sua energia, mas ele não era exatamente o marido que queriam para Grace. Foram vagos justamente em relação àquilo que queriam — "*só queremos que você seja feliz*" —, mas esperavam que a felicidade da filha fosse proporcionada por alguém que tivesse um título ou pelo menos um bom sotaque. Haviam educado as filhas para que tivessem consciência social: agora talvez vissem as conseqüências de seus atos. Os filhos costumam ouvir o que os pais dizem e entendem o que ouvem no sentido literal. Fale-se com veemência de princípios igualitários, e os jovens guardarão tais palavras no coração. Quando fora do colégio interno, as meninas competiam umas com as outras quanto a quem conseguiria trabalhar nas férias com os grupos mais carentes da sociedade. Esposas maltratadas, crianças deficientes, famílias pobres desagregadas. Todas três escolheram namorados em vizinhanças menos nobres, mas somente Grace permaneceu firme nessa direção.

— Essas famílias não precisam de uma moça de classe média que lhes diga como são as coisas — dizia Barley nos dias em que cortejava Grace no banco traseiro do carro em algum beco. — Precisam é de um belo cheque de dez mil libras.

Seja como for, ele conseguia ver que Grace acabara entendendo, mais do que Doris jamais seria capaz, as tribulações da vida. Doris achava que todo mundo era como ela, só que com menos talento e menos dinheiro. Tinha pena dos que não eram nada, a não ser talvez das moças de manequim 40 que não conseguiam chegar a manequim 38. Era capaz de lascívia, ambição, felicidade e talvez amor, mas não de caridade. Barley, no entanto, a amava e admirava por aquilo que ela era: sentia-se lisonjeado com sua atenção, gostava da celebridade que se espalhava ao redor como pó de ouro. Era cativante, uma libertação das responsabilidades, nada menos do que ele merecia; o único problema fora ter magoado Grace, como se Grace se importasse com ele. A longo prazo, o que ele lhe fizera seria um favor. Ela ficaria bem em um ano, todo mundo dizia isso a ele, Barley. Ela seguiria em frente, redescobriria a si mesma, começaria uma vida nova. Floresceria como, segundo dizem, as mulheres fazem depois de ficar sem o marido de muitos anos. O casamento não dura para sempre. Grace, com seu jeito e suas atitudes, havia demonstrado que ela entraria cedo e bem em idade avançada, e ele não — e era isso. Agora ela estava sozinha do outro lado da sala, com seu meio sorriso estranho e familiar; parecia não vê-lo e não retribuiu o aceno de Barley.

Barley estivera com ela naquela mesma sala umas vinte vezes, achava ele, ao longo dos anos. Ele a aceitara plenamente, conforme a proposta da cerimônia de casamento, mas quem ainda levava a sério esse tipo de coisa? Agora ela era uma estranha para ele, um aceno do outro lado da sala cheia, e isso, afinal de contas, era o que ele se propusera a alcançar. Grace raramente pedia alguma coisa: se ele lhe desse dinheiro, ela simplesmente o enviaria a Carmichael na Austrália, que estava em melhores condições para enfrentar o mundo, se é que enfrentar era algo que lhe fosse próprio, o que Barley duvidava. Mas Carmichael precisava ter uma chance.
Grace, porém, estragara o que ele havia planejado em termos de divórcio amigável e tentara atropelar Doris Dubois, a grande Doris Dubois, num estacionamento. Ele fora visitá-

la na prisão, o que lhe custara um terrível desentendimento com Doris e, além disso, Grace se recusara a recebê-lo.

Quanto a Doris, ele gastara cerca de vinte mil libras com ela ao longo do dia e agora ela decuplicava suas expectativas. Certa vez ele mantivera uma amante num apartamento pequeno e agradável: fora a mesma coisa. Poppy matraqueava insistentemente a respeito de o aquecimento central não funcionar, pedia um refrigerador melhor e assim por diante, e ele ficara saturado disso. Não iria gastar 129 libras com a conta de gás; seriam acrescentados três zeros ao final do número, e mais o dobro disso.

— O que você quer que eu faça? — perguntou Barley. — Que eu me aproxime de *Lady* Juliet e pergunte se ela quer vender o colar? Que eu faça um cheque aqui e agora, tire a jóia do pescoço dela e a coloque no seu?

— Se realmente me amasse, era exatamente isso o que você faria — respondeu Doris, mas ao menos teve a amabilidade de rir. — No mínimo, faria alguma pressão sobre aquele homenzinho gordo e horroroso com quem ela é casada e o convenceria a vender. Ele é uma espécie de associado seu nos negócios, não? Não vai querer contrariar você, o grande Barley Salt.

— Vou lhe dizer uma coisa — respondeu Barley, que queria se concentrar no leilão. Os lances começaram com oito mil libras e subiam de duzentos em duzentos. O jovem artista olhava com espanto e satisfação e, por algum motivo, sorria empolgadamente para Grace. — Em vez do colar, vou comprar o retrato para você. — E deu um lance.

Doris dava pulos de irritação.

— Mas eu não quero o retrato — protestou. — Quero um verdadeiro colar Bulgari com um pouco de cor. — Por que eu haveria de querer pendurar o retrato de outra mulher na minha casa? Ela é no mínimo manequim 42, daria azar. Além disso, enfrentei todos aqueles problemas e despesas com Wild Oats por sua causa, e não é um lugar adequado para quadros. É um lugar para servir bons pratos; não para pendurar coisas emolduradas na parede. Coitado desse jovem artista, não é à toa que ninguém o leva a sério.

Deixa para lá, pensou Barley, mas *ela* enfrentou a despesa? *Eu* é que enfrentei a despesa; e, se quiser o quadro, vou comprá-lo e pendurá-lo na parede. E deu mais um lance.

— Doze mil e quinhentos — ofereceu Barley.

— Homem de excelente bom gosto — comentou o leiloeiro. Era um ator famoso que fazia muita caridade, e sua voz irradiava bom ânimo e amabilidade.

— Treze mil libras — disse um homem que Barley reconheceu como sendo um colega de *Sir* Ronald, Billyboy Justice, da África do Sul. Mas por quê? Caridade? Talvez. Era mais provável que quisesse agradar a *Sir* Ronald e achasse que assim haveria de conseguir seu intento, através de *Lady* Juliet. *Sir* Ronald tinha laços estreitos com Downing Street. Justice tinha interesse em levisita, uma versão mais ágil do gás mostarda, agora deixando de ser empregado no mundo todo, ao menos teoricamente; Bagdá ficava de fora, como de costume. Graças aos novos avanços em tecnologia aplicável ao descarte de armas químicas, um arsênico puro, de alta qualidade, podia ser obtido a partir do gás tratado, além de vendido com grande lucro para os produtores de gás do mundo todo. Era um negócio novo e bom para quem tinha ânimo para isso, e *Sir* Ronald mudava rapidamente da reciclagem nuclear para a química, à medida que as grandes potências concordavam em descartar ao menos parte de seu arsenal, dando lugar, sem dúvida, a um novo.

— Treze mil e quinhentos — disse Barley.
Bem, pensou Doris, se ele quer ser idiota, que seja. Poderia colocar *Lady* Juliet em seu apartamento de Shepherd's Bush, que ela mais ou menos decidira não vender. Precisava de um bom *pied-à-terre*, veja só o que estava acontecendo hoje, longe demais para ir para casa, não tão acolhedora era a casa quando se chegava lá, onde havia ainda a sufocante e incorpórea presença da ex-mulher de Barley, impregnada no piso de madeira de Wild Oats. Ela o teria arrancado todo e acabaria não o colocando de volta, receosa de ainda mais poeira e desordem. Como era possível que os vivos ficassem em volta assombrando, assim como Grace? *"Este lugar é meu por ordem de ocupação."* Assim como os maoris reivindicam a Nova Zelândia; os aborígines, a Austrália; e os palestinos, Israel. *"Estávamos aqui primeiro."*

Não fazia sentido, é claro, mas era estranhamente persuasivo. Doris tinha uma mentalidade Mãe Coragem. A terra pertence àqueles que a cultivam. Os filhos pertencem àqueles que cuidam deles. A casa pertence a quem a ama. E o que tinha feito Grace por Wild Oats a não ser deixar que os ratos invadissem o lugar, permitir que a ferrugem tomasse conta do fogão e não cuidar do encanamento desde o dia em que lá chegara, nos anos 1980 e alguma coisa?

Talvez Barley mandasse pintar seu retrato. Se o jovem pintor, Walter Wells, fosse a seu apartamento, ela até poderia encontrar tempo para isso, arranjar um intervalo ou outro na apertada agenda, ao menos ficaria perto do local de trabalho. Apenas sentar, posar e ser apreciada. Quanto mais pensava nisso, melhor lhe parecia a idéia de manter o apartamento. *Lady* Juliet poderia ser transferida para o banheiro, seu próprio retrato ficaria em lugar de honra na sala, que sabe Deus, lhe parecia bastante atraente até que Barley apareceu e esfregou-lhe Wild Oats no nariz. Além disso, ela precisava de uma ou duas noites sozinha de vez em quando. O sexo com Barley era bem exaustivo; não era exatamente o preço que se tinha a pagar com um novo homem, e, com toda a justiça, ela também gostava, mas era cansativo quando se tenta também apresentar um programa de televisão.

— Quatorze mil — disse o colega de *Sir* Ronald, Billyboy Justice.

— Meu Deus! — exclamou *Lady* Juliet. — Que bom valer tanto! Os senhores são muito lisonjeiros.

— Não sei o que se passa com Barley Salt — comentou *Sir* Ronald com *Lady* Juliet à meia-voz. — Mas, se esse caipira do Justice acha que vou-lhe fazer algum favor pelo fato de ele comprar você para a parede do quarto dele, está muito enganado. *Sir* Ronald amava *Lady* Juliet. Parecia que todos amavam *Lady* Juliet, o problema era esse. Ela estava tão acostumada à adoração que não sabia distinguir uma cantada de um bate-papo. Ele batizara uma série de minas terrestres com o nome da esposa, nos velhos e selvagens dias em que se ganhava mais dinheiro fabricando armas do que as desmantelando.

— Quinze mil — disse Barley.

— Você é tão amável comigo, Barley — disse Doris, pensando em outras coisas.

— Dezesseis mil — disse Billyboy. Ele começara a vida como químico. Seu rosto queimara-se numa explosão quando estava para mostrar sua fábrica em Utah a um ministro da Defesa. Os ecologistas fizeram um estardalhaço por causa das emissões de saran; o trabalho de desativação era em si um processo simples: as armas passavam por um triturador e, em seguida, mergulhadas em água a quarenta graus; assim a maioria dos componentes se separavam, ou se separariam não fossem os convencionais propulsores e explosivos intrínsecos às armas. Eram esses os elementos que poderiam facilmente recombinar-se na água quente e, de modo simples e à moda antiga, ser eliminados. Felizmente ninguém do ministério se feriu, e o contrato foi fechado, mas, para sua renovação, era necessária a ajuda de um bom *lobby* junto ao parlamento, o que *Sir* Ronald poderia proporcionar.

— Dezessete mil — disse um homem atarracado, com sotaque russo, que se aproximara de Billyboy.

Barley virou-se para *Lady* Juliet.

— Quem é esse representante dos russos? — perguntou.

— Foi Billyboy quem o trouxe. Acho que se chama Makarov. Parece um pouco rude, como esses homens de Moscou, mas na verdade é encantador. E eu adoro quem quer que faça os lances subirem.

— Dezoito — disse Barley, erguendo o tom de voz.

— Muito bem! — gritou o leiloeiro. — Alguém dá mais?

— Vinte! — ergueu-se uma voz ao fundo, e todos se viraram na direção de Grace, que corou.

8

Quando Walter Wells subiu ao pequeno palco para dizer algumas palavras sobre o papel da arte na erradicação da pobreza no mundo, ele parecia absurdamente jovem e belo. Era difícil para qualquer pessoa levá-lo a sério. Para um jovem artista, ele não parecia suficientemente corrupto; nem tão desencantado com o mundo, para um velho. Faltava-lhe um ar de seriedade, pensou Grace, mas sem dúvida a passagem do tempo haveria de ser-lhe tanto uma bênção quanto uma maldição. *Se a juventude soubesse; se a idade pudesse...*

Grace presumira que Walter Wells fosse gay. Ele a fazia lembrar o filho Carmichael, agora em Sydney, fugindo de Barley. Cabelos encaracolados, de um negro lustroso, rosto fino de deus grego, corpo flexível, voz suave, insuportavelmente bonito, vestido em tons e texturas de preto. De paletó preto de seda, gola pólo, colete preto, espesso, de algodão, calça jeans preta, Carmichael certa vez dissera a Grace que todos os tons de preto eram diferentes, que não havia essa coisa de preto de verdade; e ela desde então vinha notando tal fenômeno. No caso de Walter Wells, ao contrário do de Carmichael, como ela haveria de descobrir, o efeito de sobreposição era obtido sem intenção nem esforço, simplesmente colocando todas as peças na máquina de lavar à temperatura que o botão indicasse, fosse qual fosse. Mas Walter era um artista; e Carmichael, um estilista de moda.

O psicoterapeuta de Grace, dr. Jamie Doom, lhe dissera que ela deveria "deixar Carmichael seguir seus próprios passos". Que ele tinha sua vida para viver e que sabiamente decidira fazer isso indo para a Austrália, longe do pai dominador. Ele não estava convencido da afirmação de Grace segundo a qual Carmichael — batizado como John Carmichael Salt, ele preferia usar o nome do meio — desenvolvera diligentemente primeiro a gagueira, depois a homossexualidade, para aborrecer Barley. Grace, dissera ele, não estava sendo realista em sua decepção — pelo fato de Carmichael não ter aparecido para intervir e tomado partido da mãe logo que Doris surgiu no horizonte doméstico. Não era razoável esperar que ele aparecesse diante do juiz para dar-lhe apoio moral — "não estava lá para me ver sucumbir!". Sem dúvida, dissera o dr. Jamie Doom, ao que parecia, Carmichael tinha seus próprios problemas emocionais prementes em Sydney: talvez, no que dizia respeito aos pais, ele desejava que ocorresse uma praga nas casas dos dois. Assim era.

Às vezes, ela suspeitava de que o dr. Doom recebesse dinheiro de Barley.

Quanto à casa de campo, onde ela e Barley haviam vivido anos tão bons, Jamie Doom talvez não compreendesse por que a idéia de Doris Dubois ter mudado o nome do lugar para Wild Oats e reformado a casa a incomodava tanto.

— Você me disse que não gostava da casa — dissera ele. — Grande demais, escura demais, ostentosa demais.

Nos quarenta hectares da propriedade, uma centena de pavões os mantinham acordados à noite. A casa fora reconstruída segundo a visão dos anos 1860 de Barley, o qual ganhara dinheiro com ferrovias e a concebera toda com painéis de madeira e encanamento que dava eco. Mudaram-se para lá quando Carmichael tinha seis anos, época em que Barley ganhou seu primeiro milhão. Ela gostaria de ter ficado onde estava, com Carmichael na escola local, amigos com outros pais, um pequeno jardim que registrava a passagem das estações do ano, o familiar e o seguro, de qualidade inferior, de acordo com a expressão facial dos pais de Grace quando vieram em visita; mas simpático o lugar, de acordo com Grace. Mas Barley queria tirar essa expressão do rosto dos sogros. Se achava que conseguiria isso mudando-se com a família para a casa de campo, estava enganado.

— Um pouco ostentosa, querida — disseram eles. — Mas se você gosta...

Houve também a questão dos dois Rolls-Royces. Grace implorara a Barley, mas nada o demoveu. No ano em que Carmichael nasceu, as duas irmãs de Grace se casaram: Emily, com um funcionário público, em Yorkshire; Sara, com um corretor de valores, em Sussex. As duas se casaram em grande estilo. Barley insistiu em chegar de Rolls-Royce alugado: mal podiam se dar ao luxo dessa despesa na época. Grace garantiu ao marido que havia outros modos de ele demonstrar seu valor — certamente a visível felicidade da filha bastava para manter os pais mais ou menos em seus lugares. Mas ele queria impressionar, dissipar as dúvidas dos sogros, assim como dissipara as de Grace.

Quando ela o levou à casa dos pais pela primeira vez, os McNab o viram como uma espécie de operário da construção civil. Em três meses de casamento com a filha, ele passava a ser contramestre; em um ano, estava na faculdade de economia, trabalhando e economizando, enquanto Grace trabalhava numa loja de vestidos para pagar as contas — um trabalho que ela fazia extremamente mal. Depois disso, ele entrara para o mercado de imóveis e já podia comprar dois Rolls-Royces. Mas nada bastava para os pais de Grace, e nunca era o bastante para Barley. Somente Doris Dubois seria capaz de satisfazê-lo.

Barley quebrou pela primeira vez quando Carmichael tinha nove anos. O mercado imobiliário sofreu uma queda violenta. Os milhões desapareceram. Ele havia prudentemente passado a casa de campo para o nome de Grace, e os dois Rolls-Royces também. Os respectivos maridos de Emily e Sara haviam feito grandes investimentos no negócio de Barley. Também perderam tudo o que tinham, inclusive suas casas. Grace quis vender a casa de campo e dividir o que restara. Mas Barley não concordou.

— Claro que não concordaria — disse o dr. Doom, ao ouvir a história. — Vocês precisavam de um lugar para morar. Os outros devem ser responsáveis por suas próprias vidas.

Se o juiz não tivesse colocado a terapia como condição para a liberdade de Grace, ela teria se levantado e ido embora nesse momento.

— Mas e os carros? — retrucou ela.

— O que tem os carros?

— Ninguém precisa de dois Rolls-Royces na garagem — respondeu ela. — Eu não poderia usá-los. Queria vendê-los para ajudar Emily e Sara, mas ele não quis saber disso.

— Estava certo — respondeu dr. Doom. — O valor de revenda desses carros é baixo.

É o que Barley havia dito na época. Desde a sentença, Grace tinha a impressão de que todos os homens eram o mesmo homem. Era certamente a visão dos homens adotada pela maioria de suas companheiras de penitenciária. Muitas delas tinham maridos e amantes que se embebedavam e batiam nelas, maridos que elas não deixariam porque os amavam, mas raramente se dispunham a falar bem dos homens em geral.

Nos últimos tempos, às vezes Grace tinha nostalgia da prisão. Ao menos o lugar era bem povoado, embora por uma classe de pessoas a que ela não estava acostumada. Ela chegara a ter uma amiga: Ethel, uma agenciadora de apostas que fugira com o dinheiro dos apostadores e fora condenada a três anos de prisão. Ethel ganharia a liberdade em dois meses; mais tarde, Grace descobriria que boa amiga ela era. Ethel talvez preferisse deixar o passado para trás, e Grace entenderia se ela fizesse isso.

Sua própria família decidira deixar todo o passado para trás, o que a incluía, e ela era capaz de entender isso também. Quando foi decretada a falência de Barley, as irmãs de Grace deixaram de falar com ela, e seus pais mal faziam isso. Eles não só viam a confirmação das suspeitas iniciais em relação ao marido da filha mais velha, como também acreditavam que, de algum modo, Grace havia sido corrompida por ele. Nem mesmo o retorno de Barley à prosperidade os impressionou. Nenhum deles foi visitá-la na cadeia. Achavam que já era demais o fato de terem aberto, certa manhã, o *Telegraph* e encontrado a fotografia da filha a encará-los, descrita como uma esposa traída que tentara matar a rival. E ela só tinha a si própria em quem pôr a culpa.

9

Grace estivera tanto tempo fora da vida social, às voltas com o divórcio, o processo judicial, a sentença de prisão, depois com o choque de passar a viver sozinha num apartamento sombrio, que facilmente interpretava mal o que acontecia ao redor. Mesmo deixando Carmichael de lado, não era de surpreender que ela achasse que Walter Wells era gay. Passara a ser tática de muitos jovens perfeitamente heterossexuais adotar uma enganosa afetação a título de autodefesa: a suavidade da voz, a delicadeza de movimentos, uma ironia difusa nos gestos. Faziam isso para afastar a esperada reação de tantas mulheres jovens de quem se aproximavam. "*Não ponha as mãos em mim, criatura rude, selvagem, heterossexual, machista vulgar, sexo é estupro, pare de olhar para mim desse jeito asqueroso, você está me abordando sexualmente, quer me atacar, vá embora!*" Adotar modos mais femininos era um jeito de ganhar tempo e espaço para conseguir flertar e seduzir, assim como Walter fazia agora com Grace, tentando passar uma imagem. Ela não desviou o olhar: enxergou nele também uma vítima, um jovem que poderia ser Carmichael, uma pessoa com quem o mundo não se sentia inteiramente à vontade; então consentiu em sorrir e falar com ele, em ser cordial, e não virou bruscamente a cabeça para o outro lado. "*Nós dois sabemos o que é sofrimento.*"

É verdade que perguntou a si mesma qual seria o interesse de Walter Wells. Não era ingênua. Sabia muito bem que jovens bonitos e elegantes não falam com mulheres sem estilo, nem a elogiam, se não houver algum projeto mais ambicioso em jogo. Não se aproximam nem ficam conversando por pura bondade de coração, não com uma mulher deprimida de certa idade, que usa um vestido velho, encontrado no fundo de uma mala apanhada em casa em meio à pressa de sair, um vestido usado na lua-de-mel. (Depois de uma sacudida e uma nuvem de pó, a Grace pareceu que poderia perfeitamente usar o vestido, assim como qualquer coisa.) Mas qual poderia ser o plano de Walter Wells? Ela não parecia rica nem importante. Não estava coberta de jóias. Não parecia ser o tipo de pessoa que encomendaria um retrato de si própria, sentada como estava naquele lugar, sozinha, esquecida num canto, tentando ser invisível. Além disso, eram os homens que faziam isso: maridos, pais, amantes, o tipo de homem sem o qual Grace agora forçosamente vivia. Talvez ela lhe lembrasse a mãe do pintor. Concluiu que era isso. Ele era um jovem de charme e talento, tinha a sorte de contar com o patrocínio e a atenção de *Lady Juliet*, mas era sensível e ansioso, um artista entre patrocinadores, e também inseguro, o que era próprio da idade; por isso ele a procurara, a ela que não tinha charme nem elegância.

Quando Barley entrou na sala com Doris, corado e satisfeito, as conversas se interromperam em reconhecimento à presença do casal, à condição de celebridade dos dois. Grace então sentiu "o sangue parar de correr nas veias", conforme descreveria mais tarde sua sensação. Doris a viu, mas varou-lhe com olhar, como se Grace não existisse, o que era de se esperar. Mas Barley a viu e acenou, e nesse gesto ela viu o fim de toda intimidade. Ele nem sequer tinha mais interesse em odiá-la. O coração de Grace estremeceu, mal conseguia bombear sangue para o corpo, como se ela tivesse saído de uma sala quente para o frio terrível e cortante de uma nevasca. Era o frio da decepção, a confirmação de que Barley se fora para sempre. Se não era a ficha dessa verdade dolorosa que lhe caía nesse momento, era de outra.

Como era difícil livrar-se do sentimento de que Barley, de algum modo, ainda estava a seu lado. De que, quando chegasse o momento decisivo, ele iria embora com ela, não com Doris, e a brincadeira teria chegado ao fim. Então seria a vez de Grace jogar, e talvez ela sacudisse a cabeça e dissesse: *Não! quem? você? o que você significa para mim?* E iria para casa com outro. Ou talvez não. Barley fora visitá-la na prisão, mas ela se recusara a vê-lo. Os detentos têm uns poucos direitos, e este era um deles. Simplesmente desprezar. Só que, à medida que as longas horas se arrastavam — muita gente estava envolvida em evitar a introdução de drogas por meio do beijo e do abraço; além disso, para sufocar a histeria, para reprimir os gritos, os doidos, os esquecidos em seus cantos, os sem-visita deviam permanecer trancados — o acesso de orgulho parecia mero desatino. Agora ela estava trancada em si mesma, em seu corpo, em seu sorriso, e as poucas pessoas que se lembravam de que ela estava presente se voltavam para ver como a ex-Grace Salt, agora Grace McNab, reagia à chegada dos famosos amantes.

Eles querem me humilhar com sua felicidade, foi o que ela pensou: Barley tão afável, tão elegante, dentes refeitos; Doris num esplêndido vestido flamejante, de colar Bulgari com reluzentes moedas incrustadas em ouro maciço.

Havia apenas dois anos, Barley se oferecera para comprar para Gracie, então sua mulher, esse mesmo presente, por seu aniversário, mas ela o recusara depois de ter telefonado para a joalheria e perguntado o preço. Ele tomara isso como desdém: ele sentia a resistência de Grace diante do que ele era, obstinada em sua preferência pelo passado árido que haviam compartilhado, em detrimento do suave conforto do inquietante presente. De algum modo, ela ainda era Gracie McNab, não Gracie Salt, era a filha de seus pais. O dr. McNab, cirurgião de Harley Street, era razoavelmente bem de vida, mas as sobras do almoço seriam comidas no jantar;

pairava no ar o "não quero desperdício", enquanto se fritava para o café-da-manhã a couve-de-bruxelas do dia anterior. O vago odor de anti-séptico de cirurgia vindo do andar de baixo; a desolação das frias salas de espera, com mobília polida; os bem-dispostos exemplares de *Country Life*; o estoicismo dos melancólicos pacientes; a dor e o abandono de seus corpos tão corajosamente suportados; essas coisas todas ela considerava normais, a base da qual partiam todas as outras condições.

Ela sempre tentava reproduzir a casa de sua infância; e sempre Barley tentava contrariá-la. Barley fugia da pobreza, e ela ansiava por retornar à sua cautelosa respeitabilidade. Tantas coisas lhe ensinara o dr. Jamie Doom. O papel dela era contrariar os desejos de Barley. Grace tentava não fazer isso, mas não conseguia. Quanto mais Barley quisesse luxo e extravagância, mais inquieta ela ficava, mais, para salvar a alma de Barley, ela insistia em cozinhar para os finos convidados do marido e em não recorrer a bufês caros — para que servia o fogão senão para fazer petiscos para as festas? —, resmungando que todo mundo certamente apreciava comida feita em casa. E ele corava e se desesperava em suas roupas novas de Jermyn Street, e ela se vestia em Marks and Sparks, em Marble Arch. Claro que ele ficou saturado de Grace.

Ela deveria ter feito tantas coisas de outro modo, mas como poderia? Ela era o que era. Certas mulheres pareciam capazes de se transformar em algo para o qual não haviam nascido — Doris Dubois começara a vida como Doris Zoac e se lapidara para ganhar uma nova forma —, mas tal capacidade estava além de Grace. Um dia ela deixara de ser Grace McNab para se transformar em Grace Salt, e agora fora forçada a voltar à Grace de outrora: já era mau o bastante.

O dinheiro que deveria ser de Carmichael estava indo diretamente para o pescoço de Doris e para pagar um retrato bastante simpático, mas, se o pintor ganhara apenas trezentas libras por semana para pintá-lo, conforme ele lhe assegurara, por que haveria de alcançar um preço tão alto? Não fazia sentido.

— Está subindo! — entusiasmou-se o leiloeiro, cujo rosto todos conheciam, mas de cujo nome ninguém se lembrava.
— Alguém dá mais que dezoito mil?
— Vinte — disse Grace antes de conseguir se conter; depois, sentiu-se insegura quando todos os rostos se voltaram para ela, fazendo-a corar.

10

Walter Wells sentiu-se gratificado. Grace Salt queria comprar seu retrato de *Lady* Juliet, e por valor tão elevado! Ocorreu-lhe que ela deveria ter dinheiro para gastar, e não devia ser pouco; o que não era mau, porque dinheiro era o que lhe faltava.

Lady Juliet pulara de prazer ao ver Barley Salt chegar e dissera:
— Agora vamos ver ação de verdade. Mas, se eles queriam vir, por que não avisaram? Eu não convidaria Grace. Que embaraçoso!
Parecia que a diva da televisão era agora a mulher de Barley, em vez de Grace — Walter a tinha reconhecido; o programa de Doris, que de início comentava principalmente livros, cada vez mais passava a voltar-se para as artes visuais. Ele a olhou com interesse. Gostaria de pintá-la. Seus contornos eram claros e definidos, pensou ele, a maioria das pessoas

não é assim, difícil saber onde estão as linhas. Barley Salt passara a dar lances, e a atenção de Walter voltou-se para ele. Barley e o caipirão sul-africano, Billyboy Justice, estavam disputando o retrato.

— Vinte mil — disse Grace. Walter olhou para ela e a viu corar. Nervosa, será?

— Que horror! — disse Doris Dubois, em tom de voz razoavelmente alto e claro. — Deve ser um acesso de calor. Será que ela não toma hormônios?

Os lances pararam, como que de susto.
O martelo bateu.

— Vendido para a senhora Salt — proclamou o leiloeiro, reconhecendo a mulher que já fora sua anfitriã. Ele havia jantado uma ou duas vezes na casa de campo, nos vellhos tempos. Lembrou-se dela com simpatia. Ela lhe servira coquetéis de camarão seguidos de torta de carne e rim quando ele já estava tristemente resignado a mais uma rodada de tomates secos, salada de rúcula e atum.

— A senhora Salt sou eu — disse Doris Dubois.
— Sou Grace McNab — disse Grace em tom de voz firme.
— Perdão — disse o leiloeiro, confuso, mas todo mundo erra, e ele não estava sendo pago para isso. — Vendido para a senhora de vestido de veludo vermelho.

Walter Wells ouviu Barley Salt dizer a Grace:
— Se você não puder pagar, Gracie, terá que tirar do seu capital. Deixe-me fazer isso.

Ele ouviu Grace responder:
— Não, se tenho que viver a minha vida, não a sua, vou viver do meu jeito. Vá embora.
Walter soube então que lhe seria difícil transferir para si os sentimentos que ela tinha em relação a Barley, mas soube também que estava disposto a fazer isso.
— Podemos ir agora, Barley, por favor? — disse Doris Dubois. — Não posso perder mais tempo.

— Veja só, Doris — disse Grace, McNab ou Salt?, calmamente —, a etiqueta com o preço ainda está no vestido. — E estava mesmo, viu Walter, uma etiqueta com código de barras para fora da quase-gola, atrás da seda cor-de-laranja. Doris era uma rosa aberta e fulgente, não despetalada como Grace, o tipo de rosa que a mãe do retratista comprava em Woolworth. — Dá um toque — acrescentou. — Barato mas bonito. A loja enfrentou tantos problemas para não fechar que fez muito bem.
— Vaca! — respondeu Doris, virando-se para Grace, em tom de voz um tanto alto.
— Ora! — sussurrou Barley. — Não vamos fazer uma cena dessas. Será que não podemos nos entender e ser amigos?
— Isso é uma piada? — disse Doris.
— Está louco? — disse Grace McNab.
Lady Juliet interveio com firmeza e disse em tom de desaprovação:
— A pobre Grace só estava tentando ajudar. — E diante de todo o salão, além da equipe de filmagem que por ali passara para o programa *London Nite*, ela arrancou a etiqueta,

deixando Doris furiosa, e tentou amenizar a situação recorrendo ao humor:

— Seiscentas libras! Little Children Everywhere poderia se manter com isso: um vestido usado por Doris Dubois.

— Ela não vai se despir em público — disse Barley. — Mas, por mim, tudo bem. Leiloe o vestido!

Então Doris Dubois foi para cima, soltando faíscas, vestir um jeans e uma camiseta *LC,E*, que alguém arranjou, e pôs o vestido em leilão. De certo modo, ficou satisfeita — era o que as estrelas de Hollywood faziam —, e deu a entender que a magia de seu nome estava sendo adequadamente reconhecida. Mas não queria perder o vestido que combinava com o colar Bulgari; e não gostara do modo como Barley viera em defesa da ex-mulher; menos ainda gostara do fato de *Lady* Juliet ter protegido Grace — ainda que em nome dos interesses de Little Children Everywhere, cujas necessidades precisavam ser respeitadas, e em público. Não que Doris gostasse de crianças, em lugar nenhum e nem um pouco. Mas havia testemunhas demais para que ela pudesse desafiar com segurança *Lady* Juliet. Ela haveria de se vingar.

11

Depois de ter comprado o retrato, eu não sabia o que fazer com ele. Fiz o cheque, anotei a quantia no canhoto e me orgulhei de mim mesma. Durante anos deixei que Barley fizesse esse tipo de coisa. O retrato era mais alto que eu e duas vezes mais largo. A moldura era dourada, e tão pesada que eu não conseguiria erguê-la. Então pus a coisa debaixo do braço. Com o sorriso radiante de *Lady* Juliet, o colar Bulgari irradiava uma luz cor de rubi — a imagem parecia um objeto milagroso, como um ícone bizantino que houvesse de trazer muitos benefícios para todo mundo. O dinheiro iria para Little Children Everywhere, e lá estava eu, em posse da essência concentrada de tanto tempo e habilidade: a própria alma de *Lady* Juliet transposta para a tela. Walter Wells também era muito bom na textura do tecido e no brilho profundo das pedras preciosas. E eu gostava disso. Além disso, eu tinha dado uma resposta a Doris Dubois.

Talvez ainda desse outras. E Barley demonstrara que se preocupava comigo. Eu estava em júbilo.

Foi assim que Doris Dubois acabou vendendo seu vestido novo num leilão beneficente e indo ao ar na televisão, naquela noite, vestindo camiseta e jeans, o que ficou um tanto esquisito diante da aparência formal da pessoa que estava ao seu lado. Ela teria me mandado para a cadeia, e para o resto da vida, se pudesse. O vestido alcançou 3.250 libras, em sucessivos lances de 250. *Lady* Juliet ficou muito agradecida, e Little Children Everywhere também, sem dúvida. Mas Doris não ficou agradecida a mim, de modo algum. Essas vitórias foram pequenas e tolas, mas eram vitórias. E não eram nada em comparação ao que estava por vir.

— Posso ajudá-la a carregar isso? — perguntou o jovem pintor, me surpreendendo. Ele tinha um olhar brilhante e atencioso. Em outros tempos, eu me lembro, muitos homens haviam olhado para mim daquele jeito. Mas, depois de um certo tempo de casada, eles deixam de fazer isso, e a gente esquece. Talvez um certo tipo de mulher capte a essência do homem durante o casamento: o corpo feminino absorve o cheiro e a textura do companheiro simplesmente em decorrência de tanto contato físico, de tanta aceitação e absorção daquilo a que se dá delicadamente o nome de fluidos corporais. Nesses dias de sexo seguro, suponho que isso não aconteça muito. Mas lá estava eu, transformada, com meu próprio e distinto eu a emergir, novamente a Dorothy McNab de 17 anos: não mais Dorothy Salt. Eu havia adormecido e agora despertava, para descobrir que mais de três décadas haviam passado. Lá estava eu, e lá estava um jovem olhando para mim como se eu fosse um objeto de prazer.

— Sim, pode ajudar. Eu estava para pegar um táxi, mas não sei se isso vai caber, nem como vou pendurar na parede quando chegar em casa.

— Vai caber — respondeu ele. — Podemos levar isso para minha casa e pendurar na minha parede.

— Acho mais apropriado pendurar na minha — retruquei —, já que paguei tanto pelo retrato. A gente espera usufruir aquilo que comprou, certo?

— Mude-se para minha casa — disse ele — e permita que possamos usufruir juntos. Podemos virar o rosto de *Lady Juliet* contra a parede. Podemos empilhá-lo entre as paisagens quando quisermos ter privacidade, o que imagino vá acontecer com freqüência.

Fomos para a casa dele em seu furgão, ele pendurou *Lady Juliet* na parede, e eu fiquei para usufruir o que tinha comprado. E eu pensei que ele era gay!

12

— É péssimo — disse Doris Dubois — que a vaca da sua ex-mulher seja a dona do quadro que é meu por direito. — Os lençóis eram de cetim cor-de-rosa, escolhidos pelo *designer* Paul, mas Doris não os achava muito satisfatórios. Fazer sexo em lençóis de cetim era bom em princípio, mas uma merda na prática. Eram frios, logo que se deitava neles, mas não tardavam a esquentar, a ficar meio úmidos e, pior, escorregadios, fazendo-a lembrar o óleo de fígado de bacalhau que sua mãe, Marjorie Zoac, a obrigava a tomar todas as manhãs.

— Agora fiquei sem nada, querido. A não ser que você compre para mim o colar verdadeiro daquela outra vaca, *Lady* Juliet.

— Mas não tínhamos mesmo o que fazer com o retrato — disse Barley. — Como você mesma disse, não ficaria bem aqui de jeito nenhum. Minha ex-mulher mandaria pintar o retrato dela quando lhe pedi, sete anos atrás, nos velhos tempos, quando uma parede era uma parede e tinha o lugar certo de pendurar quadros.

— Isso torna ainda mais tolo o seu lance. — Doris estava de mau humor. Barley raramente era alvo desses ímpetos; ela os reservava para os câmeras do estúdio e, às vezes, para um ou outro escritor que ia a seu programa de televisão. Certa vez ela levara um jovem escritor às lágrimas, ao vivo na televisão, ao descrever seu romance sensível como um monte de merda e autocomiseração. O livro vendera às mil maravilhas, como ela dissera às centenas de pessoas que escreveram, telefonaram e enviaram *e-mails* em protesto — o *e-mail* podia ser um tremendo incômodo, de tão instantâneo. Mas alguém precisava manter viva a chama da crítica literária.

— Gostei da aparência daquele jovem pintor — disse Doris, mais para sentir a tensão do corpo de Barley que pelo fato de ter gostado.

— Parece que se encantou com ele — disse Barley, profundamente magoado e sentindo uma pontada quase física no coração. Grace nunca o magoara desse jeito. Mas isso apenas provava que seu relacionamento com Grace nunca fora verdadeiramente intenso; era mais como uma aconchegante amizade. O amor machuca, todo mundo sabe disso.

Doris comentara, a certa altura, que Grace de fato aparentava a idade que tinha, naquele vestido velho e horroroso, o que era verdade. Ele se lembrava de tê-la visto usando aquele mesmo vestido num jantar razoavelmente importante;

de algo que tinha a ver com Carmichael, quando Carmichael era pequeno e costumava deixar todo mundo sem jeito quando descia para o jantar de família vestido de mulher. Se ele tivesse podido punir Carmichael no ato, talvez tivesse acabado um pouco com essas veadices, mas os terapeutas entraram em ação e nada se pôde fazer. Ele não conseguia perdoar Grace pelo fato de ter sido conivente, pelo que ela fizera com o filho: despi-lo de sua masculinidade. Não podia contar isso a Doris, é claro: qualquer menção a Carmichael era seguida de cenhos franzidos e olhares fulminantes, algo quase pior do que quando ele se referia a Grace. Ela queria que ele tivesse começado a vida no dia em que a conhecera, a ela, Doris. Ele se lembrava desses jantares: Grace nunca chamava profissionais, insistia em ela mesma cozinhar e ficar rodeando, suada, ocupada e nervosa, as mesas às quais pessoas finas e úteis estavam sentadas. Já Doris sabia tirar grande proveito dessas ocasiões.

Que luta havia sido tudo; era maravilhoso ter-se livrado dela, ver Wild Oats transformado naquilo que devia ser, poderia ter sido desde sempre, não fosse a obstrução de Grace. Eles formavam um casal importante, ele e Doris, e o cenário em que viviam devia refletir isso, Doris se encarregava de fazer com que refletisse. Ele às vezes estremecera ao ver as contas; certamente os profissionais que Doris contratara o estavam explorando, mas ela lhe assegurara que duzentas mil libras por um carpete para o *hall* e a escada não significavam nada hoje em dia. E isso era só o carpete. O problema era que a cabeça de Barley estava numa jogada mais alta. Tudo dependia de um negócio em Edimburgo dar certo ou não: um novo teatro de ópera, com uma galeria de arte como anexo — Opera Noughtie deveria ser o nome, a título de comemoração dos primeiros dez anos do projeto governamental *Century in the Arts* — e um contrato ligado à rede mundial de computadores. O negócio lhe surgira de bandeja, e o fato de ele estar com Doris certamente ajudava. Era algo noventa e nove por cento garantido, algo que lhe renderia tranqüilamente quase um bilhão. Se não desse certo, se o um por cento prevalecesse, ele ficaria quebrado, precisaria de muito mais que duzentas mil libras para se reerguer. Mas ele estava numa maré de sorte: tinha conhecido Doris, se apaixonado, casara-se de verdade com ela, ele a tinha na cama todas as noites, tudo oficializado e de direito; como a situação poderia ser melhor? Quando a casa estivesse concluída, a drenagem em suas finanças chegaria ao fim.

Barley quase podia ouvir a voz de Grace dizendo: "O que quer dizer com quando a casa estiver concluída? Foi concluída em 1865." Doris estava certa, Grace podia ser tão detestável quanto aquelas outras pessoas. As mãos de Doris agora passeavam por seu corpo, seus dedos lhe acariciavam os cabelos e o peito. Ela lhe beijou os mamilos. Grace nunca lhe dispensava esse tipo de atenção de manhã.
— Claro que não me encantei com ele — disse Doris. — Por que isso agora? Queria que eu me encantasse? Está querendo uma relação a três? Você, eu e ele? É preciso ter cuidado para que a imprensa não desconfie, mas se é isso o que você quer...
Barley ficou chocado.

— Claro que não quero isso — respondeu ele.

— Só estava brincando, querido — ela foi rápida ao retrucar. — Há homens que gostam desse tipo de coisa, você ficaria surpreso com o número.

— Duas mulheres e um homem — disse Barley —, isso eu posso entender, mas por que um homem haveria de querer um outro homem?

— Se ele realmente amasse a mulher, talvez aceitasse. Se, por exemplo, ele fosse um tanto velho, ela um tanto jovem, e ele não pudesse satisfazê-la mas mesmo assim quisesse continuar o envolvimento. Nesse caso, talvez ele fizesse o sacrifício.

— Não está sugerindo que isso se aplica a mim, está? — respondeu Barley, que supunha ter satisfeito sua nova mulher duas vezes naquela noite.

Doris riu, com alegria, agarrando-lhe novamente os pêlos do peito, que estavam ficando um pouco grisalhos e eriçados.

— Se houvesse a menor possibilidade disso — disse ela, parecendo bastante ofendida —, eu não teria tocado no assunto. Não creio que sequer estaria com você. Não se preocupe, você está em melhores condições que a maioria dos homens da sua idade.

Certas perguntas, aprendera Barley, era melhor não fazer, se a gente não quisesse ouvir a resposta. A própria Doris lhe contara ter dormido diversas vezes com seu chefe, mas só, ela garantiu, para conseguir seu programa de televisão. E, quando era estudante, tivera várias experiências com outros estudantes, mas, na época, era de esperar que isso acontecesse. Barley pensou que provavelmente mataria quem ela se atrevesse a olhar naquele momento. Grace fora vista saindo de furgão da casa de *Sir* Ronald, levando um quadro e um pintor; fora o que o motorista Ross ouvira dizer. Barley não contara isso a Doris; isso complicaria muito a vida dele, Barley. Não acreditava que ainda pudesse tornar-se *Sir* Barley, não depois do episódio de Grace no estacionamento. Mas nunca se sabe. O público tem memória curta; veja o caso do príncipe com Camilla.

— Mas, querido — disse Doris, passando a mão no peito de Barley e, em seguida, dando-lhe um tapinha na barriga —, acho que precisamos fazer um pouco mais de exercício para perder um quilinho ou outro. Não há nada que envelheça mais um homem do que uma barriga de chope.

Isso era ridículo; Barley não tinha barriga de chope. Barriga de chope é quando se olha para baixo e não se consegue ver os joelhos, e de modo algum ele estava perto disso. Ele podia perfeitamente ver seus joelhos quando olhava para baixo, estava certo de que isso era mais do que *Sir* Ronald conseguiria fazer, e sem dúvida mais do que Billyboy Justice conseguiria. Ele se perguntou se não deveria entrar para o ramo de desmantelamento de arsenais, em vez de construção civil; mas esse era um trabalho perigoso, não somente por causa das explosões, veja só o que acontecera com o rosto de Billyboy Justice, mas as pessoas desse ramo tendiam a aparecer, encolhidas em porta-malas de carros, mortas. Ele ficaria com a rede mundial de computadores, em nome da paz e da compreensão no mundo.

— Eu amo você, querido — disse Doris Dubois, puxando a mão dele de volta ao lugar onde estava. — Não importa a forma nem o tamanho que você tenha. É você que eu adoro, o único Barley Salt que existe no mundo. Mas, se fica acanhado em fazer uma proposta direta a *Lady* Juliet a respeito do colar, podemos ir até a Bulgari amanhã e ver se eles fazem um igual ao dela para mim.

— Não creio que façam isso, querida — disse Barley. — Acho que devem ter regras de exclusividade para aceitar encomendas.

— Foi muito mesquinho da sua parte não tê-lo comprado para mim, querido. Está querendo sair fora dessa.

Bem, ela estava certa a esse respeito.

— Daqui a seis meses, Doris. Se puder esperar seis meses...

— Em seis meses tudo pode acontecer — protestou ela. — O mundo todo pode mudar.

Ela tinha razão também quanto a isso, mas nenhum dos dois sabia que sim na ocasião.

— Quero que aquele mesmo jovem artista me pinte — disse Doris. — Se *Sir* Ronald pode fazer isso por aquela horrorosa da *Lady* Juliet, você certamente pode fazer por mim.

— Sim, mas Doris — respondeu Barley —, você mesma disse que um retrato tradicional não ia bem com o novo estilo de Wild Oats.

— *Sim, mas* — queixou-se Doris —, você me diz *sim, mas* o tempo todo. Vamos fazer uma concessão e ter só uma sala com lugar para pendurar quadros. A biblioteca, eu acho. Claro que isso significa refazer o piso para obter um efeito de ambiente antigo, e provavelmente trocar os painéis de madeira, que precisarão de restauração, porque estragam ao ser retirados, mas valerá a pena.

As mãos de Doris deslizaram para baixo. Ele arfou de prazer.

— Não quero que você tenha um colar muito parecido com o de *Lady* Juliet — disse ele. — Também não quero um retrato muito parecido com o dela. Tem mesmo que ser pintado por aquele, como se chama, Walter Wells? Gostaria que não fosse.

Doris retirou a mão.

— O que é esse negócio que está em andamento entre você, *Sir* Ronald e aquele homem de nome esquisito? Contratos, ministérios, subornos, coisas do tipo. — Ela estava deixando esse argumento de reserva. Ele suspirou. Era terrível o quanto os outros podem ser transparentes na tentativa de manipulação, e ainda mais terrível o fato de alguém aceitar, quando esse alguém fica cada vez mais velho e a mulher cada vez mais jovem.

— Doris — disse Barley com o tom de voz mais tranqüilo que conseguiu —, não há nenhum negócio desse tipo em andamento. Tudo é perfeitamente legal, visível, com notas fiscais aprovadas pelo tribunal de contas. O que a faz pensar que não seja?

— Querido — respondeu Doris Dubois, pacientemente —, há sempre algo em andamento. Sempre há outros projetos. De que outro modo o mundo poderia continuar girando? Não estou fazendo objeções, apenas uma observação. Tenho contatos e *lobbies* para questões de meio ambiente. Puxa, até compartilhei a cama com Dicey Railton durante dois anos. Isso foi antes de se ficar sabendo que ele era gay, é claro. Na verdade, sempre pensei que ele estava fingindo por causa da carreira política. Mas não havia nada aparente na época. Ele era absolutamente charmoso e um amante fantástico.

Era a primeira vez que Barley ouvia falar de um relacionamento com Dicey Railton, que era membro do parlamento, além de um incômodo para o governo em razão das perguntas embaraçosas que costumava fazer, especialmente quando se tratava de questões ligadas a comércio de armas e quebra de sanções.

— Gostaria que você não fosse tão próxima de Dicey Railton, Doris — disse Barley. — Você é minha mulher. Não seria bom que os jornais soubessem, nem você haveria de gostar disso.

— É verdade — lamentou Doris. — Mas uma coisa é certa: não quero fazer nenhum favor para *Lady* Juliet. Não depois que ela me fez tirar o vestido e vendê-lo. Será que ela me odeia? Por que convidou sua ex-mulher para o mesmo evento para o qual nos convidou? De que lado ela está, afinal?

— Creio que você não respondeu ao convite dela — disse Barley. — Seria bom que não tomasse isso como uma questão do lado em que ela está. Eu queria que fosse um divórcio amigável.

— Eu nunca respondo a convites — disse Doris, com arrogância. — Simplesmente vou ou não vou. Como é possível que sua ex-mulher tenha a coragem de sair vestida daquele jeito? Ela se olhava no espelho quando estava com você? Deve ter encontrado aquele vestido num brechó de caridade. Ou num leilão beneficente, é assim que a cabeça dela funciona. Coitado de você, como deve ter sofrido. Sabia que ela era famosa em Londres por servir coquetéis de camarão?

— O que há de errado com o coquetel de camarão? — perguntou ele, desconcertado.

Ela riu, com seu típico gorjeio. Barley adorava isso.

— Querido, se você não sabe, não sou eu quem vai lhe dizer. Deixe tudo comigo que você logo terá seu título de cavaleiro. É um absurdo que Juliet seja uma *lady*, e eu não.

Ouviu-se uma batida à porta. Barley pensara que ainda tinha mais meia hora de cama com Doris, mas era a governanta avisando que os decoradores haviam chegado e queriam entrar para tirar medidas. Para o espanto de Barley, Doris levantou-se imediatamente e deixou-os entrar, para não ser inconveniente com eles, ela disse.

No terraço, serviram ao casal café descafeinado, suco de *grapefruit* — o que era um tanto ácido para o estômago de Barley, mas ele não gostava de dizer isso — e *croissants* com baixo colesterol.

13

Walter Wells diz que me ama. Walter Wells é bem mais jovem que eu. Seu corpo tem uma elasticidade que o meu não tem. Ele sobe os degraus das escadas que levam ao estúdio pulando; eu subo degrau por degrau. Ele me levou para nadar na piscina das proximidades, e, enquanto ele fende a água como um peixe, a água resiste a meus movimentos. O corpo dele por cima do meu é moreno, de contornos definidos, e move-se com atenção concentrada para a frente e para trás, para a frente e para trás. O meu fica feliz em receber esse bater constante, inesgotável máquina de desejo, mas se surpreende com isso, como se recebesse algo que não lhe é destinado. Estou certa de que nunca me senti assim com Barley, que sempre tinha uma certa pressa, tantas coisas para fazer. Sou capaz de enxergar isso, apesar de, mesmo tendo experiência do mundo, me faltar bastante conhecimento carnal: creio que haja tantas maneiras de fazer amor quanto o total de homens no mundo. A quem poderia perguntar? Esse é o tipo de coisa que Ethel poderia saber, se é que um dia sairá da prisão para falar comigo. Walter Wells ainda é uma pessoa muito recente em minha vida; não estou muito segura quanto ao que posso ou não posso lhe dizer.

Ele cheira a tinta a óleo e tela, a paletas com crosta de tinta e terebintina, a cigarros e McDonald's, onde come Chicken McNuggets com molho agridoce, cheira também a cloro de piscina. Há nele um ligeiro sabor que me lembra Carmichael quando eu o segurava contra o peito, cheiro de bebê pré-testosterona, não me pergunte por quê. Adoro essas coisas; só lamento as décadas que vivi sem elas, mas, se não tivesse acontecido, como poderia tê-las agora? Quem ama é vampiro, muito vampiro.

O nome completo de Walter é Walter Winston Wells, www. Achamos isso significativo, quando na verdade não é, mas o fato é que achamos tudo significativo. Achamos que ele é o homem do futuro, e ele lamenta nunca poder me alcançar. Ele anseia pela velhice, ao menos é o que diz, para se transformar em seu pai e ser levado a sério. Eu lhe digo que dá azar querer ser velho, e ele responde que isso é bem melhor que a morte. No momento, nós dois queremos viver para sempre, juntos.

O verão tardio acabou, e as noites são cada vez mais longas. Como o estúdio é frio, uso roupas de lã. O retrato de *Lady Juliet* está virado para a parede, para não sofrer danos numa pilha de telas, a maioria paisagens, mas há também umas duas naturezas-mortas. Ela está apenas esperando uma vaga na parede. Isso acontecerá quando o próximo quadro for vendido, diz Walter. Poderia parecer favoritismo, diz ele, tirar algum do lugar para dar espaço para *Lady* Juliet. Tudo deve esperar sua vez, ser feito na devida ordem. Ele tem um relacionamento muito profissional com seus quadros. Se eu fosse uma pessoa diferente, mais jovem, menos paciente, poderia ter muito ciúme deles; ele é também carinhoso e atencioso com os quadros. Eu me pergunto se deveria levar o retrato para meu apartamento e pendurá-lo, mas nós dois gostamos de *Lady* Juliet e não gostaríamos que o quadro ficasse sozinho naquele lugar desolado. Preciso às vezes ir até lá para pegar outras peças de roupa, tomar um banho melhor do que o que Walter pode oferecer e também para responder a cartas de advogados etc., mas sempre gosto de ir embora do apartamento. Parece que, a cada vez que subo os quatro lances de escada até o estúdio, faço isso com mais facilidade e rapidez. Meus pés têm asas.

Walter calcula que apenas em duas semanas venderá um quadro e, assim, *Lady* Juliet poderá ser pendurada na parede. Ele vende seus quadros por menos de mil libras cada. Tem próximo à esquina do meu apartamento em Tavington Court uma galeria, em Bloomsbury, perto do British Museum — coincidência! Coincidência! Vejam só como Deus intervém a nosso favor.

Uma característica do novo amor é que os sentidos se aguçam, os olhos ficam mais brilhantes, até mesmo meus pobres olhos cansados, em sua sexta década de existência, mas tudo tem um significado. Joguei na loteria e ganhei 92 libras. Acho que estamos "amando". A piscina pública é mais freqüentada por nós e muito mais cheia de cloro do que a minha jamais foi. Agora Doris Dubois dobrou o tamanho da piscina da casa de campo, segundo me disse Ross, o motorista de Barley, e assim ficará ainda mais solitária. Ótimo. Mas não tenho pensado muito em Doris Dubois ultimamente, e em Barley menos ainda. O ódio é minimamente mais poderoso do que o amor, parece, e com certeza mais difícil de esquecer, ou talvez eu nunca tenha amado Barley; talvez ele não tenha passado de um hábito.

Eu amo Walter Winston Wells, www.iloveyou@studio.co.uknonstop. Como diz Ross, a única solução para a perda de um homem é um outro homem. Encontrei Ross por acaso na piscina, onde Walter mergulhava e eu ficava na parte rasa. Ross sempre foi meu aliado: ele sabia o que Barley poderia ser. Ross nada para perder peso e, em seguida, vai ao Kentucky Fries comer um *cheeseburger* triplo e batata assada com creme ácido e cebolinha. Ele acha que creme ácido engorda menos que manteiga. Ross acredita no que quer, e quem não faz isso? Ele é um homem forte, de cabelos brancos, maxilar solto e dentes grandes, que trabalhava como guarda de segurança antes de ter sido treinado pela Mercedes para livrar-se rapidamente de emboscadas. O ramo imobiliário não é o negócio mais seguro que existe quando se chega ao topo, principalmente agora que a máfia de Moscou veio para cá. Com Walter não há dessas preocupações: ando de ônibus.

*

Walter Winston Wells, www, estava com dificuldade para pagar a conta de telefone, o aluguel, o condomínio, a conta de seu fornecedor de tintas — branco-titânio é absurdamente caro —, e paguei tudo isso para ele. Meu Deus, por que um homem de talento tem que carregar esse fardo? Ele vende seus quadros por valores entre quinhentas e novecentas libras — com exceção do de *Lady* Juliet, que saiu por vinte mil — algo mais próximo de seu verdadeiro valor — e é claro que não ganhou um centavo por isso, Little Children Everywhere foi quem levou — a não ser que os Random tenham desviado o dinheiro, o que não acredito. A Bloomsday Gallery fica com sessenta por cento e, além disso, ele precisa entregar à galeria tudo o que pinta; certa vez Walter recebeu quatrocentas libras de contas acumuladas e assinou o maldito recibo. Mas é claro que ele faz alguma coisa por fora e vende por conta própria. De que outro modo poderia viver? A Bloomsday é pequena, não é famosa, e Larry e Tom, que a dirigem, são criaturas mesquinhas, que falam pelo nariz, acrescentam valor agregado ao preço de venda e cobram comissão, o que significa que Walter precisa pagar mais do que seria justo. Ao menos é assim que funciona, eu acho, e não me conformo.

Hoje de manhã fui de novo nadar, e as águas se abriram diante de mim como o mar Morto. Nadei três vezes o comprimento, sem parar e com facilidade. Walter não foi tão bem quanto de costume, e levou um minuto a mais para completar as habituais cinco vezes o comprimento. Mas tínhamos comparecido a noite toda. Cinco vezes, eu acho, e sem camisinha porque, é claro, não precisamos nos preocupar com gravidez. Essa é minha grande mágoa: não poder dar-lhe um filho; mas não creio que ele se preocupe com isso. Quando me sentei no banquinho de madeira do boxe do chuveiro, pareceu-me que a pele ao redor dos calcanhares e da parte de cima das plantas dos pés não estavam mais arroxeadas de veias, mas lisas e brancas; só um pouco azuladas e úmidas por causa da água fria — os aquecedores haviam quebrado de novo, e, quanto à hidromassagem, esqueça —, mas nada além disso. É extraordinário o que a felicidade é capaz de fazer. Ela me acelera, mas faz Walter ir mais devagar, como se nossos corpos procurassem uma espécie de equilíbrio de idade. Ele está pintando meu retrato. Acho isso muito amável.

14

— Querido, agora o que vamos fazer com esse meu colar? — perguntou Doris Dubois a Barley Salt, deitados os dois lado a lado na cama, numa manhã um pouco mais fria que de costume. O verão tardio se fora; as árvores de St. James Park haviam adquirido um tom dourado; as penas dos patos do Round Pond estavam arrepiadas, e as caminhadas de Doris e Barley por Londres haviam se tornado mais curtas e rápidas. Eles normalmente iriam até o Albert Memorial para admirar-lhe o esplendor, mas, antes de chegar a Sloane Street, Barley agora sugeria que voltassem.

— Vamos esperar — respondeu Barley com firmeza — até que vários negócios meus se definam. Então você poderá ter dois.

— Um colar Bulgari na mão vale tanto quanto dois voando — ironizou Doris. — Eu gostaria de ter um agora e outro depois. Quem sabe o que vai acontecer daqui a seis meses? Você pode deixar de me amar.

— Nunca! — ele não conseguia vislumbrar isso.

— Meu programa pode deixar de ir ao ar. Pode acontecer uma revolução no palácio. Lembra o que aconteceu com Vanessa Feltz?

— Você é a rainha dos índices de audiência e a rainha do meu coração. Ninguém se atreveria.

— Há alguma coisa no ar. Meu vestido deveria ter alcançado mais de três mil libras. As pessoas não se importam mais comigo. Estão se voltando contra mim. Tudo está dando errado. O teto desabou sobre nossa cama. Uma hora a mais e morreríamos. Falamos maravilhas no ar a respeito de *Grendel's mother*, um novo musical que acaba de fracassar. Agora o teatro está fechando, e como é que eu fico diante disso? Uma grande idiota que não entende o gosto do público. E se Wanda Azim não conseguir o Booker Prize por *Sister K*, meu nome irá para a lama. Falamos bem do romance, que honestamente não é assim tão bom, Dostoievski fez melhor. Meu toque está se esvaindo, querido, a magia está se esgotando.

Doris estava em pânico, trêmula, sentada na cama. Barley notara que ela às vezes ficava assim. Ela mostrava um rosto tão calmo e confiante para o público, mas só ele, seu íntimo, seu companheiro de cama, sabia o que ela passava; ele entendia as tensões do trabalho e aquilo que ela tinha que enfrentar.

— Mais de três mil libras por um vestido que havia custado seiscentas uma hora antes não representa uma margem de lucro assim tão desprezível — ele a consolou. — Quinhentos por cento. Pense nisso, Doris. E pelo simples fato de ter estado em contato com seu corpo. — Os pareceres de Barley eram rápidos, eficazes e convincentes numa reunião, senão necessariamente precisos.

— O retrato daquela vaca da *Lady* Juliet alcançou pelo menos vinte vezes mais do que vale, e ela não é famosa. Sei exatamente quanto o artista ganhou para pintá-lo. Eu deveria ter conseguido mais.

— Pelo menos minha ex-mulher não comprou o vestido. Você não teria gostado.

— Ela poderia — respondeu Doris, assustada. — Se pode comprar quadros em leilões beneficentes é porque você está lhe pagando uma pensão alta demais. Quero que entre com um processo para reduzir a pensão.

Ele tentou aquietar seus movimentos de braços e pernas, fazê-la sorrir, mas Doris continuou trêmula e ansiosa, jogando a cabeça de um lado para o outro. Ela tinha cheirado cocaína na noite anterior. Só um pouco, disse ela, para ter coragem e brilho durante o programa, nunca fazia isso por diversão, só pelo ofício, mas como ele poderia saber o que era pouco e o que era muito? Barley não entendia nada de drogas. Precisava ter o controle das circunstâncias a todo momento.

Eles estavam na cama de um dos quartos de hóspede que até o momento permanecera milagrosamente intocado pelos decoradores e mais ou menos como Grace o deixara, isto é, repleto de cadeiras de *chintz* macio, móveis de madeira rosa e paredes com flores pintadas. Tiveram que sair do quarto de casal na semana anterior. O teto havia desabado; uma massa de gesso velho e uma nuvem sufocante de pó de cal caíram por cima da cama, trazendo junto um pesado lustre central, de inspiração erótica, em ferro trabalhado, criação de um *designer* italiano que costumava fazer falos de chocolate, mas que recentemente se voltara para a arte. Com a queda do teto, a armação da cama cara e elegante ficara completamente deformada. O colchão pôde ser recuperado; a cama, não. O que era macio e flexível pôde ser recuperado, refletiu Barley, o que era rígido e definitivo raramente sobrevivia.

Ele duvidava que a seguradora fosse pagar mais um pedido de indenização. Um vazamento na piscina, a queda da garagem nova sobre a velha fundação de ferro subterrânea, uma centena de percalços de menor monta pelos quais Doris insistia em ser indenizada, enquanto ele lhe dizia que esperasse pelo grande incidente, já a haviam prevenido de que era má idéia desperdiçar boa vontade em coisas triviais. Agora o grande incidente havia acontecido. Alguma coisa dera errado quando o telhado da ala oeste fora erguido seis polegadas: operários incompetentes haviam deixado deslizar uma pesada viga de aço, que desabara sobre um piso que, por algum motivo, havia sido deixado quase sem sustentação. Ele tentara sugerir a Doris que se mudassem para um hotel até a conclusão da obra, mas ela detestava hotéis. Aquela era a casa de Doris, e ela não haveria de deixar que Grace a pusesse para fora.

A última declaração o surpreendeu. O que Grace tinha a ver com isso? Ele não imaginava, principalmente depois da tentativa de assassinato, que Doris tivesse um vestígio sequer de sentimento de culpa por morar na antiga casa de Grace. Muitas coisas haviam dado errado, mas considerando-se que Doris insistira em contratar aqueles aborígines das montanhas, por intermédio de uma firma extremamente suspeita, que arregimentava trabalhadores fora do esquema regular, idéia que, de algum modo, tinha a ver com sua consciência social e reputação diante do público, não era preciso nenhuma maldição de Grace para que as coisas não dessem certo. Além disso, ele tinha motivo para crer, pelo que Ross lhe dissera, que Grace voltara a ser feliz. Sentiu-se profundamente aliviado, senão surpreso, ao ver-se com um forte ciúme. Não esperava isso de si mesmo.

Ele não podia ceder a emoções sem sentido. A vida era essencialmente simples. Não era por causa do preconceito dos homens que as mulheres não conseguiam chegar ao topo, mas porque se recusavam a tratar a vida como uma coisa simples. Buscavam complicações emocionais, e as encontravam. Qualquer executivo de quarenta anos, do sexo masculino, tinha mulher e filhos em casa. O equivalente feminino raramente tinha. Por quê? Elas perdiam muito tempo e energia sendo mulher, enfeitando-se, penteando os cabelos diante de espelhos, falando de seus sentimentos, e, durante cinco dias, a cada ciclo de vinte e oito, apertando o ventre e gemendo. Como esperar que chegassem ao topo, para não dizer ficar por lá? Não por culpa delas, mas certamente não por culpa dos homens; quando muito, de Deus. Doris não acreditava em Deus. Segundo ela, surgimos neste mundo, ficamos por aí cuidando dos nossos interesses e vamos embora. Era isso. Ele, Barley, achava que devia ser um pouco mais. Era estranho, então, que Doris acreditasse em maldições, e ele não.

No entanto, ele, Barley Salt, não podia se dar ao luxo de entregar-se a emoções despropositadas como ciúme sexual; além disso, estava convencido de que esse Walter Wells estava atrás do dinheiro de Grace, pois não podia estar querendo seu corpo, Grace já tinha passado da idade para isso. Duas emoções mutuamente excludentes. Levaria muito tempo para organizá-las. Ele precisava concentrar a atenção no fato de que Billyboy Justice e companhia estavam agora respirando na sua nuca no tocante ao negócio de Edimburgo; foram vistos discutindo a questão em círculos governamentais, algo a ver com uma espécie de indústria química que o governo teria que oferecer, e rapidamente, regulada por leis internacionais. Isso seria fora da cidade e no porto para embarque de material contaminado. Barley não gostara do fato de Billyboy ter ido à casa dos Random. *Sir* Ron comentou que Billyboy gostava de Juliet e que seu coração batia pela Little Children Everywhere, mas devia ser mais que isso. As atitudes do governo agora mudavam de acordo com as últimas pesquisas: haviam estado bastante quietos no que dizia respeito a questões contra a indústria, em prol do meio ambiente e do desenvolvimento — empreendimentos de grande monta a todo custo —, mas poderiam facilmente retornar às políticas a favor da ciência e da indústria; assim, qualquer complexo incipiente ligado às artes ficaria comprometido.

As probabilidades, que haviam sido de noventa e nove por cento, haviam caído para oitenta. Isso não era nada bom; não era uma margem com que se sentisse seguro. Ele se lembrou da terrível crise quando Carmichael era pequeno e a casa teve que ser passada para o nome de Grace. Ela a teria entregado sem hesitação. Barley não imaginava Doris fazendo isso. Não que fosse restar muito da casa, do jeito que as coisas iam.

E lá estava Doris, tremendo, gemendo e chorando em seus braços. Ele se envolvera até o pescoço com ela, era bem capaz de ver isso.

— Meu aniversário é na semana que vem — lamentou-se ela. — Você sabe o quanto eu odeio aniversários. Tudo dando errado, aposto que você nem planejou uma comemoração, nem mesmo uma festa surpresa, por que essa obra horrível não termina nunca?, tudo por culpa de Grace, ela nunca cuidou de nada e Deus sabe que ela não tinha o que fazer na vida, ao contrário de mim. O que ela fazia o dia todo? Comia, pelo jeito. Detesto este quarto, quero nosso quarto de volta, você não me ama, como poderia?, sou um lixo.

"Nosso" quarto o deixou feliz. Sempre se sentia gratificado ao ser incluído no esquema de Doris. Ela era de escorpião, cheia de charme, carisma sexual e malícia. Se não encontrasse nada para ferroar, ela ferroaria a si própria até a morte, se necessário. Ele já lidara com gente de escorpião em outros tempos; são capazes de fazer as pessoas irem para a morte dançando.

Bruscamente, ele se perguntou se ela tinha tensão pré-menstrual. Sabia que ela tinha, não que deixasse isso atrapalhar os prazeres dos dois. Ela foi em cima de Barley com unhas e dentes, como ele previra. Com Doris a fronteira entre assassinato e sexo era indistinta, e ele foi instigado a um forte e determinado desempenho sexual.

— Vamos à Bulgari amanhã para comprar o colar — disse ele. — Já estava exausto, mais emocional do que fisicamente, e o dia mal tinha começado.
— Por que não hoje? — disse ela meio brincando, sol depois de tempestade, espasmódica, tentando instalar-se novamente no estado de felicidade. Às vezes, era como se ela tivesse seis anos. Barley estava tão comovido com ela que cedeu.
— Está bem — concordou. — Vamos hoje.

Daria um jeito na hora do almoço. Tinha um encontro com Random no clube, mas o cancelaria. Não acreditava que isso fosse fazer alguma diferença. E não havia nada mais divertido do que comprar jóias com Doris, conhecedora como ela era de pedras preciosas, conhecedora de quase tudo, aliás; nada mais reconfortante do que a opulência carpetada da Bulgari, a atenção dos vendedores e a reverência afoita com que atendiam aos caprichos dos clientes, com aquela cortesia de sempre, delicada, oferecida aos ricos desde que a sociedade existe

— Então está combinado — disse Doris, acrescentando, porém, que, se ele estava apertado de dinheiro, ela o reembolsaria, é claro; além disso, ele poderia conseguir o que ela queria pagando menos, se ele não estivesse disposto a gastar muito, se ele fizesse uma proposta pelo colar de rubis e diamantes que *Lady* Juliet estava usando no retrato.

— Porque eu também posso, é claro, fazer aquele estilo sereno de *Lady* Juliet, se quiser — prosseguiu ela. — Vestido branco, simples, cabelos loiros presos no alto da cabeça e uma jóia só, espetacular, nem sequer brincos que combinem. — Será que Barley pensava que ela, Doris, parecera exagerada quando usara o colar de moedas antigas? Não? Ótimo. E a conversa voltou a Wanda Azim, que seria melhor que ela ganhasse o Booker Prize, senão o nome dela, Doris, iria para a lama nos círculos literários do país.

— Me abrace — disse ela, em seguida. E os dois se aconchegaram, juntos, felizes, consumada a paixão. Ela o encontrou depois, na Bulgari, à hora do almoço. A caminho do parque, sob o pináculo dourado do Albert Memorial, com suas cariátides retorcidas e damas imperiais de bustos pálidos, ela o beijou e disse que o que realmente queria de presente de aniversário era um retrato dela pintado por Walter Wells. Uma pechincha! Um colar Bulgari e um retrato pintado por Walter Wells custariam menos que os dois colares Bulgari que ele lhe havia prometido.

Barley respondeu que pensaria no assunto, mas seu pensamento estava em outras coisas: ele acabara de ver Billyboy

Justice negociando as inesperadas reviravoltas, ao volante de sua própria limusine, na rua, em frente à Serpentine Gallery; ao seu lado, o russo que fora ao leilão de *Lady* Juliet. Barley sabia, simplesmente sabia, que Billyboy ia almoçar com *Sir* Ronald Random, ocasião em que falariam do quanto o país precisava de uma base industrial maior se quisesse manter sua posição na nova Europa, diriam também que a arte poderia ter uma participação nesse grande avanço, mas isso seria algo para a França, não para o Reino Unido. E *Sir* Ronald, tendo sido dispensado por Barley, e em cima da hora, talvez prestasse mais atenção do que normalmente, o faria.

Não fazia diferença que *Lady* Juliet parecesse gostar de Grace, de outro modo ela não teria sido convidada para o leilão. As pessoas, mesmo nessa idade e nos dias de hoje, pareciam, sim, tomar partido. Parecera-lhe uma idéia tão simples, na ocasião, divorciar-se de Grace e casar-se com Doris, julgara que isso não fosse da conta de mais ninguém.

Ele se enganara, e não estava acostumado a se enganar.

15

Walter Wells me ama. À noite, suas mãos exploram meu corpo, e nem sequer me ocorre que ele possa encontrar algum defeito em parte alguma. Depois de anos dormindo com Barley e me preocupando se tenho muita gordura na barriga, estou fazendo a coisa certa, devo simplesmente ficar deitada aqui ou me esconder um pouco mais? Seus dedos fortes movem-se pelas minhas coxas, minhas costas, todo meu ser quente, meu eu menor, compacto, arredondado, se encaixa no dele, comprido, cheio de ossos. Como homens e mulheres nus se complementam na cama: ele duro, ela macia, essa coisa de *yin* e *yang*. Quanto prazer! Ele belisca minha carne entre o polegar e o indicador, como que para provar que é real, que ele não está sonhando. Meu corpo, porém, é todo imperfeições; por meio de qual mágica ele se ilude tanto? O que antes era macio e flexível agora é áspero ao toque, e mais mole; me é tão pouco familiar quando eu mesma me toco que parece pertencer a uma estranha, a uma terceira pessoa na cama.

Walter Wells não vê feiúra nisso.
— Eu amo você — diz ele. — Você é tão linda.
— São os seus olhos — respondo. — Sabe que não sou. Tudo parece melhor quando jovem, e eu não sou jovem. Mas ele gosta da rosa desabrochada, não do botão, é o que me diz. O botão é cheio de expectativa quanto ao fim; há tanta tristeza e decepção ali de reserva.

Olho-me no espelho e vejo certas mudanças em que mal posso crer. Meus olhos começam a brilhar. Penso que estou voltando a ser jovem, que a natureza inverteu seus processos, que Deus abrandou seu esquema terrível e lúgubre, simplesmente por minha causa. Mas é claro que não pode ser assim. É apenas um fluxo de estrogênio nos vasos capilares. O amor deve ser isso.

A galeria Bloomsday vendeu quatro quadros de Walter — paisagens — a um *marchand* de Nova York, diretor do Manhatt. [sic] Centre for the Arts. Conseguiram elevar os preços para mil libras cada. Sessenta por cento de 4 mil libras é 2.400 libras — mais ou menos isso, como diria Barley; ele que era rápido senão displicente com números. "Diga mais ou menos quanto, mais ou menos quanto", ele falava sempre, quer estivesse comprando imóveis por milhões ou um pedaço de carne para o jantar de domingo.

*

A Manhatt. quer montar uma exposição individual com Walter e que ele vá a Nova York para o *vernissage*. Sendo tão jovem, ele pinta com rara maturidade, dizem.

— Você foi *descoberto*! — disse eu.

— Acho que sim — disse ele, todo sorriso.

Lady Juliet está na parede, olhando para nós. Ela tem uma expressão doce, e o colar, com suas cores às vezes de um brilho constante, às vezes cintilantes, move-se à medida que o sol de outono se desloca no céu, com brilhos verde-esmeralda, azul-safira, vermelho-rubi, em meio à luminosidade do estúdio, quase como se ela respirasse.

16

Walter Wells estava verdadeiramente nas nuvens. Tudo em sua vida parecia estar dando certo. Ele encontrara seu grande amor, e ela lhe dava todo apoio, compreendia-o, arrebatava-o fisicamente, deixava-o trabalhar e, além disso, não ficava o tempo todo falando de si mesma. Grace tinha um filho, mas que era adulto e vivia na Austrália; tão vaga era a compreensão de Walter a respeito de tecnologia genética que imaginava ser possível, se eles quisessem, ela lhe dar um filho, que sua idade não haveria de ser um impedimento para isso: se os cientistas eram capazes de clonar uma ovelha, seriam capazes de tudo. Grace posou para seu retrato. Com o vestido de veludo vermelho.

— Dá um certo ar de tristeza — disse ele. — Cai bem em você. — Ele parecia crer que ela tinha sofrido muito na vida. Ela negou que tivesse.

— Pais desunidos, uma incursão pela falência, um filho gay, um marido infiel, um tempo na prisão, um divórcio, isso não representa propriamente um martírio, Walter. — Mas ele insistia na idéia. Ela tinha que ter sofrido para que ele a salvasse; ele tomara a vida de Grace nas mãos e ela desabrochara como um botão de rosa ao sol. Grace não discutia com ele mais do que discutia com Barley.

Ela pagava as contas de Walter sem que ele precisasse pedir. Ela não interferia, nem tentava arrumar o estúdio, nem lhe impor seu modo de vida. Ela levava a roupa suja dos dois para lavar em casa, para que não ficasse amontoada no banheiro. O estúdio era sombrio, superaquecido, um lugar desestimulante que ele poderia usar para as coisas que gostava de ter, mas, por fim, não haveria mais lugar para nada, eles teriam que saltar da porta para a cama, e Walter gostava de ter espaço livre ao redor do cavalete.

— Sempre que você sai — observou ela —, volta com mais algum tesouro.

Ele pegava coisas em entulhos, em ferros-velhos, ou no lixo das casas. Às vezes, desconhecidos lhe davam objetos dos quais queriam se descartar: um vaso quebrado, um prato lascado, uma cadeira com três pernas, um tapete velho, uma caneca de estanho, um armário sem porta; coisas que já haviam sido úteis, que ele gostava de ter e de salvar do desprezo do mundo, assim como se recolhe um cachorro perdido, ou um gato.

*

Foram caminhar na praia, e ele encontrou uma figura de proa que a tempestade da noite anterior deixara na areia — século XVII, concluiu Walter —, uma imagem desbotada de mulher, orgulhosa por ter enfrentado a tormenta, à qual faltava um pedaço do nariz, seios lisos e redondos como os de Pamela Anderson.

— O universo lhe dá presentes — comentou Grace.

— Sou um catador de lixo da natureza — disse ele. — Só isso. Estou aqui para varrer e juntar pó de ouro. Simplesmente vejo o que os outros veriam se tivessem olhos para isso.

Ele a apresentou a seus amigos. Ela estava nervosa. Ele tão jovem, ela tão velha. Mas correra a notícia de que era Grace Salt, famosa, mulher de milionário, aquela que aparecera nos jornais por ter tentado atropelar a amante do marido; ela não estava na cadeia? E devia ser rica. Tantos fatores entravam em questão que o simples julgamento não se aplicava ao caso. A maioria deles a viu através de uma névoa entorpecedora. Deviam ter vinte e tantos anos, recém-saídos de escolas de arte e cursos de *jazz*: andavam juntos, em grupos indistintos, pelo mundo cruel e consumista que seus pais haviam criado para eles. Grace era amável, bonita, sorria muito, fizera o amigo deles, www:/, feliz, e agora ele tinha uma exposição só para ele em Nova York. Pequenos lampejos de inveja e despeito cruzavam os horizontes dos dois, mas não o tempo todo, como estrelas cadentes no céu ao amanhecer.

17

Na joalheria Bulgari, atendeu-os uma senhora italiana, de certa idade, bem penteada, num *tailleur* simples e elegante. Barley e Doris sentaram-se num compartimento de iluminação suave e tiveram toda a atenção para si. Serviram-lhes chá com biscoitos de améndoa. Se a atendente queria mostrar determinada jóia, fazia um leve aceno de cabeça para a assistente, uma moça bonita, solícita, de belas pernas, mas não tão belas quanto as de Doris, e ela retornava em poucos minutos. Certamente não estava fora de questão, embora bastante incomum, a joalheria entrar em contato com *Lady* Juliet e perguntar-lhe se ela estaria disposta a vender uma peça sua muito especial. Não fizeram objeção quanto a servirem de intermediários, tal era a consideração com os clientes, e talvez cobrassem uma pequena comissão pelo serviço — a menos, é claro, que *Lady* Juliet quisesse outra jóia para substituí-la, caso em que a comissão seria dispensada. Mas

Barley e Doris se davam conta de que era mais ou menos como pedir a uma mãe que renunciasse ao filho querido, dando-o em adoção; não era plausível que isso fosse acontecer.

A jóia de *Lady* Juliet era conhecida como "A Egípcia", disseram-lhes: uma peça importante, inspiradora do desenho de outras do início dos anos 1970. Motivos da natureza — flores de lótus, por exemplo, contidos em formas geométricas, uma grande inovação da Bulgari.

— Parece uma ótima idéia — disse Doris com vivacidade, mas sem de fato ter ouvido.

— A introdução do estilo egípcio em nossa consciência cultural — de repente interveio a assistente —, isto é, a extrema estilização aliada a um forte cromatismo, aconteceu depois do impacto da exposição de Tutankamon na Europa, no início dos anos 1970. Foi mais ou menos como o efeito da invasão do Egito por Napoleão duzentos anos atrás. Ninguém sabia por que estavam fazendo isso, simplesmente faziam.

Sua chefe ergueu uma sobrancelha; ela calou-se e corou.

— O fato é que eu gosto muito do colar — disse Doris. — Podemos deixar a história de lado. — E Doris também gostava da aparência da assistente, Jasmine, moça de pele pálida, translúcida, olhar de assombro dos estudiosos de história da arte. Doris perguntou a si mesma se a moça não teria futuro como pesquisadora para a televisão. Aliás, estava à procura de uma nova pesquisadora para o programa. Flora Upchurch, que trabalhava para o programa havia dois anos, precisava ser demitida. Estava indo longe demais. Ela dissera a Doris numa reunião que ela, Doris, confundira Rubens com Rembrandt. Flora não devia ter feito isso. E também não haveria de ser perdoada por ter ido ao casamento de Doris e Barley de longas pernas de fora, vestido branco curto, chamando mais atenção do que a noiva; além disso, o olhar de Barley se detivera nela um segundo a mais do que devia. Doris estava esperando o momento propício. Mas logo o machado iria cair. Talvez houvesse algum problema com o chefe do departamento, pois Flora era uma namoradeira astuta que conseguira gradualmente cair nas boas graças de todos, mas, nessa altura dos acontecimentos, ninguém iria mais dizer a Doris o que ela devia fazer: seus índices de audiência eram altos. Doris fazia o que tinha vontade. Flora iria embora assim que alguém mais ou menos decente surgisse — alguém que poderia ser essa Jasmine. Ela tinha a necessária e firme delicadeza. E não estaria trabalhando ali se não fosse excelente.

Mas Doris deveria pensar em si mesma, não nos outros. Não estava gostando de ouvir que não era possível fazer uma cópia exata de uma jóia exclusiva de outro cliente; uma parecida, é claro, poderia ser feita. A sra. Dubois tinha razão: não havia uma inevitável propriedade moral investida em cada elemento de um desenho de jóia, mas um processo judicial poderia sair mais caro que a jóia em questão. Eram as pedras, o desenho ou a forma que mais a atraíam?

— A sra. Dubois está acostumada a ter tudo o que quer — disse Barley, amavelmente.

*

A sra. Dubois perguntou quanto tempo levaria a confecção de uma peça baseada no desenho egípcio, com o menor número possível de variações que a Bulgari pudesse tolerar; tratava-se agora de um bom meio milhão de libras, e quem quer que pagasse tanto haveria de ter algum merecimento. A resposta foi que o tempo poderia cair para quatro ou cinco meses, mas que os artesãos não podiam, não seriam ou não deveriam ser pressionados. Foram bastante firmes, sem deixar de ser impecavelmente elegantes. A senhora de mais idade chegou a acenar para a jovem, que se retirou discretamente e voltou com o diretor: alguns clientes aceitam dos homens a má notícia que não suportariam ouvir das mulheres.

A encomenda foi feita. Doris esperaria, ou disse que esperaria. A caminho de casa, ela disse a Barley:

— Deve haver um jeito de contornar isso —, mas Barley, para dizer a verdade, estava pensando em outras coisas.

18

Walter Wells pousou o pincel e olhou para a composição terminada. Estava satisfeito. Grace brilhava na tela; disse que ele a lisonjeava, que a tinha feito parecer mais jovem do que era. Ele respondeu que simplesmente pintara o que vira. Pegou um trapo embebido em terebintina e limpou um pouco do branco-titânio dos dedos. Conseguira captar a presença e a cor do vestido de veludo da amada aplicando-lhe um brilho e depois salpicando tinta a óleo romana com pitadas de rosa-branco acrílico, como se fossem ondas do mar; havia ali movimento e textura, e ele ficou imaginando o que Van Dyck devia ter pensado quando, em 1632, terminou o retrato de Carlos I e Henrietta Maria com seus dois filhos mais velhos, rufos de renda, tecido de ouro e tudo o mais: se consegui fazer isso, posso conseguir qualquer coisa.

*

Limpar os dedos piorou a situação, pois o trapo já estava saturado de várias tintas, do retrato de *Lady* Juliet até a paisagem marítima terminada no ano anterior, e, embora o branco tivesse sido removido, ficou-lhe na pele uma mancha cinza-esverdeada. Ele removeu a mancha com um pano e notou, com prazer, que suas mãos não mais pareciam pálidas e macias como as de uma criança — eram mãos de homem, fortes, vigorosas. Ele crescera depois de ter conhecido Grace.

Grace estava lavando roupa em seu apartamento em Tavington Court. Ele estava acostumado a ir à lavanderia, enfiar tudo na máquina de uma vez só e pôr a temperatura em noventa graus. Ela gostava de separar a roupa clara da roupa escura e programar a lavagem para quarenta graus. Grace era como sua mãe. Walter logo a levaria para conhecer seus pais; dissera à mãe pelo telefone que tinha conhecido "alguém" e agora haveria de seguir em frente. Mas seus pais, Prue e Peter, viviam num mundo de jardins e aposentadoria clerical, tinham uma pequena casa perto do recinto da catedral de Salisbury, e ter um filho artista já era o que bastava em termos de agitação. Agora, se ele escolhera uma mulher mais velha, uma ex-presidiária, uma mulher de má fama, ainda que interessante e de saúde considerável, eles por sua vez duvidavam do caráter dela e dos motivos dele. Como poderiam ter netos —, eles haveriam de se perguntar, já que ele não se perguntava. Haviam vivido uma vida que lhes exigira muita renúncia em nome do futuro do mundo, eram boas pessoas, de fato; Walter então que visse que não ter interesse no futuro seria para eles, seus pais, uma dura realidade. Ele vivia no mundo do *agora, agora, agora*. Eles, não. A solução da clonagem dificilmente lhes agradaria; ter uma descendência geneticamente modificada representaria um choque.

Ficariam satisfeitos com o fato de ele ter sido escolhido por uma galeria de Nova York, mas não compreenderiam o significado, nem para ele próprio nem para a arte em geral. Era uma boa galeria, de fato, geralmente especializada em instalações, camas desfeitas como objeto de arte e assim por diante: para eles, era uma reversão de expectativas retornar a quadros penduráveis na parede. A decisão talvez tivesse sido ditada mais pela demanda de espaço em Manhattan do que por qualquer outro motivo — a nova arte costumava exigir grandes extensões para poder se espalhar —, mas tudo bem. Ele talvez chegasse ao museu Metropolitan como um novo Edward Hopper, ou Balthus — ou, puxa vida, ele mesmo: Walter Wells.

Ele gostaria que houvesse uma sra. Wells — não que fizesse muito sentido casar-se, nenhuma de suas ex-companheiras haviam tido qualquer tipo de formalidade, e, se Grace se casasse, ela perderia a pensão. A pensão, ao que parece, era pagamento por serviços domésticos prestados, no caso para o monstro capitalista Barley Salt, sob a condição de que, terminado o contrato, nenhum outro emprego fosse conseguido. Muito estranho.

Certo dia em que Grace estava em seu apartamento lavando a roupa do casal, uma coisa que parecia um corvo desceu do céu acima de Walter. A luminosidade estava diminuindo, o que devia significar que ele havia trabalhado o mais que podia no retrato de Grace — o quadro precisava ser retirado do cavalete e substituído por uma tela em branco, pronta para uma nova inspiração, mas ele gostava de vê-lo ali: fazia-lhe companhia quando ela não estava. Walter comia uma batata assada — Grace a pusera no microondas para ele, que só precisaria apertar o *timer*. Sentia necessidade de comer assim que pousava o pincel — uma questão de alimentação externa e alimentação interna, uma a arte, outra, a comida. Foi então que a sombra escura se moveu em sua direção, olhos amarelos reluziram para ele, e lá estava o corvo, um grande pássaro preto que o olhava. Ele estava acostumado a corvos — seu pai chegara até a atirar neles, dizendo que detestava tirar a vida do que quer que fosse, mas esses pássaros faziam ninhos nas árvores altas e expulsavam outros pássaros que cantavam e os pardais. Mas essa criatura — esse suposto corvo ligado ao mito, à lenda, à Torre de Londres, estava numa escala completamente diferente da de um simples corvo. Walter concluiu, depois de o pássaro ter ido embora, que a imagem devia ter sido de algum modo ampliada pela vidraça e pela luz, o que o fez sentir-se estranhamente aliviado. Mesmo assim, estremeceu. Depois pensou que, desde que o retrato fora concluído, ele usara uma mistura de acrílicos e óleos e que o salpicado de branco, feito em acrílico, já devia estar seco a essa altura. Ele então jogaria um pano sobre o retrato, um lençol de linho cru que costumava usar para esse fim.

*

Walter terminou de comer a batata, deixando a casca. Sua mãe sempre o encorajara a comer a casca das batatas, pois nelas é que fica a vitamina C; se os camponeses não a tirassem, a Fome Irlandesa não teria sido tão terrível. O telefone tocou. Como já tinha parado de trabalhar, ele atendeu. Normalmente ele o teria deixado tocar. As pessoas logo desistiam e desligavam depois de um ou dois toques. Ele não tinha secretária eletrônica, muito menos fax e *e-mail*. Quanto mais fácil a comunicação, ele concluíra, mais coisas desnecessárias eram comunicadas.

Era Doris Dubois. Ele reconheceu a voz da televisão. Seu programa era um dos poucos que ele via. Gostava dela, embora ela se deixasse levar um pouco em suas empolgações; mas ao menos ela as tinha e não estava sempre falando mal de tudo com ar de desaprovação; e quando, às vezes, ela deixava os livros de lado para falar de arte, o que tinha a dizer era interessante e plausível. Grace lhe dissera — ela se recusava a assistir — que nesse caso Doris Dubois devia ter alguns pesquisadores muito bons trabalhando para ela, aos quais não dava crédito, mas Grace, geralmente tão amável e generosa, não era muito confiável quando se tratava de Doris Dubois. Ela tirara o vestido e o pusera no leilão beneficente, o que ele considerara um gesto nobre. Não fazia idéia, é claro, ou ele supunha que não, de que a ex-mulher de seu marido agora estava vivendo com ele. Mas por que ela haveria de se preocupar com isso? As primeiras esposas guardam ressentimento das segundas, havia filmes mostrando isso; por que as segundas invejariam as primeiras?

— Walter Wells, o pintor?
— Sim, sou eu. É Doris Dubois?
— Reconheceu minha voz?
— É bem conhecida. — Sempre é bom elogiar um pouco para ganhar tempo.
— Muito obrigada, Walter. Gostei de seu retrato de *Lady* Juliet. Você pinta jóias e tecidos muito bem. — Ela tinha o mesmo instinto, ao que parecia. — Estou procurando algo para dar de presente de aniversário a meu marido Barley Salt. Em dezembro. Ele é de sagitário, embora não pareça, e pensei que você poderia pintar um retrato meu.
— Para dar a ele? — perguntou Walter. — Entre casais, o retrato costuma ser um presente da pessoa que não foi pintada.
— Não vejo por quê. Significa ao menos que Barley não terá que pagar por ele. Quem pagou pelo retrato de *Lady* Juliet?
— O marido, é claro.
— Quanto você cobra?
Walter pensou na galeria de Nova York, pensou em Grace pagando as contas dele, pensou em como seria bom livrar-se de preocupações, passar a pertencer à faixa de renda dos pintores de retratos.
— Doze mil libras — respondeu.
Fez-se silêncio do outro lado da linha.
— Mas isso é um absurdo — disse ela, depois de um tempo. — Sei que lhe pagaram 1.800 libras por dois retratos, um original para *Lady* Juliet, outro uma cópia para o leilão. Seus preços não podem ter subido tanto em três meses.

— Mas subiram. É também uma questão de tempo. Simplesmente não posso deixar tudo de lado para fazer isso até dezembro.

— Posso ir até aí para conversarmos a respeito?

— Não.

— Mas vou, de qualquer modo — retrucou ela.

19

Preciso escrever para Carmichael. Vou contar-lhe o que aconteceu. Os antípodas ouvirão falar. A notícia chegará ao sul do equador. Vou dizer-lhe que sua mãe voltou a ser feliz e agora tem o amor de um novo homem. Talvez ele ficasse mais empolgado se o novo amor fosse uma mulher, mas tudo bem. Devo também contar-lhe que esse homem é só um pouco mais velho que ele? Acho que não. E que Walter se parece com ele, que eu tinha pensado que fosse gay até ele me beijar, no estúdio, aonde tínhamos levado de volta o quadro? E que acabamos indo para a cama? Não. Isso bastaria para transformar qualquer filho num Hamlet.

Separe a roupa escura da roupa clara: camisetas pretas de um lado, meias e camisas brancas de outro. Branco não é mais a cor dessa roupa, anos de lavagem misturada deixaram-na de um desolado cinza, mas, se as peças mais claras passarem a ser lavadas separadamente, um pouco da cor original poderá voltar. Cores vivas requerem mais tempo, o que significa uma espera maior. Eu poderia responder às cartas que se empilham do lado de dentro da porta, mas não quero me dar ao trabalho. Esse velho mundo parece tão irreal. Eu poderia rezar e agradecer a Deus pelas bênçãos que recebi. Quando se reza "Meu Deus, me ajude neste momento", a caminho da cadeia, dentro de um camburão, sem nunca ter pensado Nele duas vezes sequer ao longo da vida, o que pareceria má-fé, e a cadeia acaba não sendo um lugar tão insuportável quanto se esperava, então talvez a gente deva dirigir-Lhe uma palavra de gratidão. A gente pode precisar Dele de novo. E é sempre bom ter bons modos, como dizia minha mãe.

Um grande corvo acabou de pousar no peitoril da janela e olhou para mim com olhos cor-de-laranja. Em seguida deu uma espécie de grito agudo e desesperado e saiu voando. O bastante para assustar qualquer pessoa. Mas eu tinha lido a esse respeito nos jornais. Trata-se apenas de uma gralha muito grande, de rabo bem comprido, que escapou do zoológico. Uma espécie diferente de pega da savana africana, só isso, que sentia falta do lar e do calor. Nada de sobrenatural, mas a sombra projetada é inquietante. É o equivalente, essa versão pássaro, ao puma que as pessoas vêem no campo quando tomam muita droga: a criatura, grande demais para ser um gato, salta pela janela aberta, senta-se à penteadeira e fica se olhando no espelho à luz do luar; quando as pessoas chegam ao interruptor de luz, o animal já se foi, já corre pelo gramado; poderia ser um cachorro grande, mas a forma não é de cachorro. Há também as pegadas de felino na lama, no lugar em que as ovelhas foram devoradas, em meio ao prado solitário. O que quer que seja, já foi, graças a Deus. De nada adiantaria comunicar o acontecimento, os pássaros pousam onde bem entendem. Talvez, dizem os jornais, ele pare de assustar a cidade e volte para sua gaiola. Deixaram a porta aberta. Lá há calor, abrigo, comida. Havia mulheres na cadeia em que estive que preferiam ficar lá dentro por causa dessas três coisas. Desejo sorte ao pássaro, por mais que ele tenha me assustado. Poucas coisas são realmente más, mas o pensamento as torna assim.

Quero a aprovação de Carmichael. Não creio que vá consegui-la. Meus amigos, meus amigos de outros tempos — é verdade que a maioria se afastou quando fui para a cadeia, mas quem haveria de recriminá-los? — diriam que os filhos odeiam que as mães se casem de novo e tornam-se todos verdadeiros Hamlets. Pior, Walter é artista, o que sei que Carmichael sempre quis ser, embora nunca tenha feito nada para isso, só deu para costurar. Barley zombou de uma das primeiras pinturas de Carmichael — uma cabeça com braços saindo do lugar onde deviam estar as orelhas, como as crianças de três anos costumam pintar as pessoas; Barley riu e disse: "Não consegue fazer nada melhor que isso? Parece um polvo." Carmichael se ressentiu disso e nunca mais voltou a pintar. Os filhos de outras mulheres levam para casa sua arte infantil; Carmichael nunca me deu esse prazer. Seu prazer, francamente, é fazer o pai se sentir culpado.

*

Hora de tirar o edredom da secadora — esticar bem os braços, juntar as pontas, passar o indicador e o polegar pela costura a fim de estendê-lo. É preciso paciência para juntar exatamente as pontas, senão qualquer dobra ganha volume, formando uma tremenda maçaroca. A lavagem de roupas é algo enviado por Deus a título de lição moral: pensem nisso.

Não vou mais fazer ginástica. Simplesmente não dá tempo. Já me exercito mais do que o suficiente subindo e descendo as escadas que levam ao estúdio, indo ao apartamento e voltando de lá, indo ao mercado para escolher as laranjas mais baratas, enchendo malas de roupa suja, isso para não falar de sexo. Eu poderia ser jovem de novo: só falta uma criança a me puxar o braço. Tenho mais energia do que jamais tive. O que a felicidade não é capaz de fazer! Cheguei até a menstruar um pouco na lua cheia, como se meu corpo se lembrasse vividamente do passado. Eu sempre menstruava na lua cheia, em consonância com o movimento cósmico. Eu gostaria de ter tido mais filhos, mas nunca mais engravidei depois de Carmichael, e Barley dizia que já era o bastante.

Eu me lembro de Barley ter voltado para casa, certa noite de verão, e encontrado Carmichael debruçado sobre um pedaço de pano, costurando casas de botão. Eu não entendia na época, sabendo tanto quanto ele que o pai odiava esse tipo de coisa, que Carmichael, com nove anos, só começava a fazer suas lições quando o carro de Barley despontava na entrada de veículos. Não era de esperar, eu supunha, que uma criança de nove anos, de boa família, fosse capaz de tal ardil. Acreditava que ele esperasse, pobre criança, que o pai fosse aprovar o que ele fazia, examinar a casa de botão e dizer: "Que lindo! Estou orgulhoso de você; igual à de sua mãe!" Mas uma vidraça quebrada por uma bola de críquete teria parecido mais natural a Barley e haveria de obter mais aprovação.

Roupa lavada, luzes apagadas, hora de ir para casa. O sr. Zeigler, o porteiro, diz:
— Não a tenho visto muito ultimamente, sra. Salt.
— Estou morando aqui perto com um amigo — respondo. Pela primeira vez ele me olha como se me visse, o que é mais do que costuma fazer; para ele, somos todas versões diferentes da mesma moradora, sempre querendo que as máquinas de lavar sejam consertadas, que alguém pare de fazer barulho, que ele transmita algum recado; não fôssemos nós, ele faria muito melhor seu trabalho, mas ele me deseja sorte.

20

Walter Wells foi depressa até a porta quando ouviu Grace subindo a escada. Ultimamente, ela quase corria, ele notou. Subia os degraus de dois em dois. Já ele desacelerara bastante e até passara a ter dor na parte posterior das pernas. Seu pai se queixava muito disso, e talvez essa dor estivesse chegando a Walter prematuramente. Ele queria prevenir Grace a respeito do que ela veria quando entrasse no estúdio; não queria que se aborrecesse. Veria Doris Dubois sentada na cadeira em que ela, Grace, se sentara havia pouco para posar para o retrato; e antes de Grace, *Lady* Juliet Random. Agora no cavalete, fora da parede, estava o retrato de Juliet, seu rosto já meio esbranquiçado de branco-titânio, um bom fundo para a maioria dos tons cor de pele, e Doris, era preciso admitir, tinha uma tez clara, boa, saudável, como se cada célula exalasse energia e determinação; podia não ser uma energia agradável, mas era presente.

*

Ele esperou Grace no terceiro andar. O estúdio ficava no quarto. Pegou da mão de Grace a mala de roupa limpa, que ela passaria no estúdio. Nenhum dos dois queria empregados nem estranhos dentro de casa.

— Ouça, Grace. — Enquanto falava, Walter parecia maduro, inspirava confiança, nele não havia mais nada que lembrasse Carmichael. Como ela pôde ter pensado que ele fosse gay? — Há uma coisa que você precisa entender. Não grite, não faça escândalo como as mulheres costumam fazer nos filmes, mas Doris Dubois está no nosso estúdio e estou pintando o retrato dela. Não o retrato inteiro, só o rosto dela no corpo de *Lady* Juliet.

— Mas por quê?

— Para poupar meu tempo e o dinheiro dela — respondeu Walter. — Ela também tem uma agenda apertada. Veio sem avisar, para discutir o preço, viu *Lady* Juliet na parede, meu cavalete sem tela, e fez questão que eu começasse a pintá-la ali naquela hora mesmo.

Grace sentou-se num degrau. Estava calma. Viu o futuro estender-se diante de si, com uma infinidade de acontecimentos e variações desses mesmos acontecimentos.

— Assim como Goya pintou a cabeça do duque de Wellington sobre a do irmão de Napoleão — disse ela —, depois de ouvir a notícia de que o duque, o herói conquistador, havia chegado às portas da cidade. Ao menos há um antecedente nisso.

Walter Wells sentou-se ao lado dela no degrau. Grace sentiu o cheiro de tinta a óleo, de batata assada, de cigarro e também um vestígio do perfume Giorgio preferido de Doris Dubois, que ela usara no julgamento de Grace. Grace adorava o perfume.

— Não sabia que Goya tinha feito isso — disse Walter.

— Fez, sim — respondeu Grace. — O pintor precisa ganhar a vida.

Eles se deram as mãos. A dela era jovem, macia, abandonada na mão dele.

— Você fica mais jovem a cada dia — disse ele. — Eu não queria fazer isso, mas ela insistiu.

— A que métodos e subornos ela recorreu? — perguntou Grace.

— Se eu pintar o retrato, ela me dará um espaço em seu programa de televisão.

— Um programa todo para você ou só cinco minutos? O primeiro significa alguma coisa; o segundo, nada.

— Ela não disse. E se ofereceu para dormir comigo, mas claro que recusei.

— Educadamente, espero — disse Grace, com calma considerável. — O inferno não é tão terrível quanto uma mulher rejeitada. Quais foram as ameaças?

Para sua própria surpresa, Grace sentiu-se estimulada, em vez de intimidada. Sua inimiga tinha caído numa armadilha. Doris Dubois fora longe demais e entrara desarmada em território hostil.

— Não falou abertamente, disse apenas que conhecia bem o diretor da Tate Modern, e que a Exposição de Verão fecharia suas portas para mim.

— Ela é sem dúvida poderosa no mundo das artes — comentou Grace. — Acho melhor entrarmos e encará-la. Ela sabe que estou vivendo com você?
— Acho que não — respondeu Walter. — Mas tudo é possível. Ela é a *Gestalt* do nosso tempo. Deve ter informantes em todo lugar. — Os dois entraram.

— Muito bem, muito bem! — exclamou Doris Dubois. — É a assassina. Você está em toda parte. Se eu fosse supersticiosa, diria que você é o Cão do Inferno me perseguindo e ainda a mandaria de volta à cadeia por fazer isso.

Doris Dubois estava no estrado em que suas rivais *Lady* Juliet e Grace Salt haviam sentado antes, cobertas por um pano negro. Na tela colocada no cavalete, o colar Bulgari de *Lady* Juliet reluzia, uma verdadeira fonte de poder e influência.

— Estou entendendo — disse Grace. — Você não está tentando poupar dinheiro. Em vista do que acontece na casa de campo, essa seria a última das suas preocupações. Você quer é o colar de *Lady* Juliet. Acha que é mágico. Acha que, se o tiver, você se tornará uma pessoa de quem todo mundo gosta, quer mereça quer não. E para isso até se dispõe a assumir o corpo de *Lady* Juliet.
— Tenho o amor de Barley — retrucou Doris —, o que é mais do que você tem hoje, ou algum dia já teve. Acho que ele só teve pena de você, sempre. E agora está reduzida a tentar comprar um jovem, um homem de brinquedo.

*

Mesmo assim, Doris Dubois ficou um pouco abalada. Esperava que Grace fosse se encolher de susto, com medo de que ela, Doris, fugisse com Walter Wells, assim como tinha feito com Barley. Mas não. Doris havia sido eleita recentemente a namorada do país e fora convidada para apresentar o Eurovision Song Contest no ano seguinte. Todos amavam e queriam Doris, era evidente. Por que então as palavras de Grace a atingiram a tal ponto?

— Meu Deus! — disse Grace. — Estou certa de que há menos distância entre mim e Walter do que entre você e meu ex-marido.

Ocupada com tarefas domésticas, Grace dobrava a roupa limpa no canto da sala, como se Doris não estivesse ali nem em lugar nenhum. Seu coração, porém, estava agitado. Quanto a Walter, ele pusera seu chapéu Rembrandt, que lhe mantinha as orelhas aquecidas, e examinava os tubos metálicos de tinta, espremidos, amassados. Os rótulos dos tubos haviam se desmanchado com a ação da terebintina e a pressão dos dedos úmidos; para saber a cor, ele tinha que examinar a camada de tinta endurecida sob o enviesado das tampas. Gostaria de ter escolhido ser poeta, não pintor; a vida, de repente, parecia-lhe demasiado difícil.

— É normal que um homem se case com alguém mais jovem do que ele. Já a mulher, não.

— Mas deveria ser — retrucou Grace, prontamente. — Walter, pinte logo a cabeça de Doris. Quanto antes terminar, mais cedo ela irá embora.

Walter retomou seu lugar ao cavalete. Doris deixou uma boa extensão da perna esguia surgir de baixo do pano preto. Walter tentou não notar. Doris abriu-lhe um glorioso sorriso.

— Vou cobrar a moldura, é claro — disse Grace. — Esse retrato de *Lady* Juliet é tecnicamente meu, embora pareça que todos se esqueceram disso. Paguei por ele.

— Como você é mercenária — disse Doris Dubois. — Fazendo o pobre Barley se matar de trabalhar, querendo tirar dele tudo que ele tem. Você pagou, mas o dinheiro era de Barley. Ao que parece, você também está vivendo disso, Walter. Ela comprou você.

— Quanto ao corpo, é uma pena — foi só o que Grace respondeu, terminando de guardar a roupa. — Vão pensar que você é manequim 42.

Concentrada no colar, Doris se esquecera disso.

— Walter pode pintar um novo contorno e fazer-me mais esguia, não? — disse ela. Para todos os problemas, Doris tinha uma solução. Sua mente trabalhava depressa.

Walter concordou com um murmúrio.

— Vai ser um presente de aniversário para Barley — disse Doris. — Em dezembro.

— Aposto que você não sabe o dia — disse Grace.

— Aposto que você sabe — retrucou Doris, com maldade.

— Coitada. Se está vivendo essa sua vida inútil nesta espelunca com Walter, acho que Barley deve saber disso. Talvez isso comprometa sua pensão.

— Sabe de uma coisa — disse Walter, de repente. — Posso muito bem trabalhar com uma polaróide. Vou poder me concentrar melhor.

— Para mim, está ótimo — disse Doris. — Não sou como Grace, não tenho o tempo todo livre.

Então Walter tirou uma foto polaróide de Doris e disse que o retrato ficaria pronto em uma semana. Grace sentiu-se inquieta e com ciúme quando Walter fotografou Doris; a situação pareceu-lhe um preâmbulo de ato sexual, como se ele estivesse tirando uma parte da essência de Doris para seu próprio prazer, e com o consentimento dela. O fato de pintar Doris Dubois podia ser encarado como trabalho de Walter e, portanto, admissível — quantos crimes parecem justificados não só pelo dinheiro mas também pelo profissionalismo: *são apenas negócios*, diz a vítima da máfia ao morrer, o agressor está só fazendo seu trabalho. Do carrasco no Corredor da Morte, diz-se que ele é *um verdadeiro profissional, nasceu para isso*! Mas tirar a fotografia, ver Doris surgir do nada, primeiro um borrão, depois claramente definida no pedaço de papel pegajoso, parecia algo íntimo demais. Grace sabia que estava sendo ridícula, mas a gente sente o que sente.

Depois que Doris Dubois se foi, batendo os saltos ao descer as escadas do estúdio, Grace chorou, chorou como uma criança, grandes soluços de autocomiseração, sentiu-se invadida, roubada.

— Você foi ótima, Grace, ótima! — confortou-a Walter. Grace notou um único fio branco na sobrancelha de Walter, pegou uma pinça, tirou-o, e logo voltavam a ser felizes.

21

— Barley, querido — disse Doris Dubois. — Você acha que sou uma pessoa simpática?
Ele pensou cuidadosamente a pergunta. Estavam os dois numa grande cama de cabeceira trabalhada, com cortina de brocado, no Claridges Hotel, em Brook Street, Mayfair, à espera do café-da-manhã. Lá fora, a agitação de Londres. O banheiro era de mármore com peças claras e sólidas: a água jorrava das torneiras, e não havia perigo de o teto desabar. Podiam ficar sossegados.
— Não é a primeira palavra que eu usaria para descrever você — respondeu ele. — Mas qual é o problema? Uma mulher não precisa ser simpática para ser amada por um homem. Veja Grace, ela é a mulher mais simpática do mundo, mas é você que eu amo, não ela.
— Em todo caso, gostaria muito que as pessoas gostassem de mim.
— Seu público adora você. Veja os índices de audiência.

Mas ele sabia o que ela queria dizer. Barley só fazia inimigos quando precisava — senão, ele adotava o princípio de que é bom ser simpático ao ascensorista quando estamos subindo porque é provável que o encontremos quando estivermos descendo. Mas era típico de Doris acabar com o desejo natural de as pessoas cooperarem e darem o melhor de si, por mais imperfeito que fosse esse melhor. Ganhara a inimizade de Ross, o motorista, ao dar-lhe uma folha com uma receita de dieta e dizer-lhe que, se não perdesse peso, Barley acabaria tendo de demiti-lo. A incompetência da Belgradia Builders, a firma encarregada da reforma, foi exacerbada quando ela denunciou um de seus empregados às autoridades da imigração. Helen, a faxineira que Grace e ele contrataram 15 anos antes, acabou se demitindo, em parte por lealdade a Grace, mas principalmente porque Doris se recusava a pagar-lhe em dinheiro, e, quando ela pediu ajuda a Barley, Doris a denunciou por sonegação de imposto de renda.

Barley gostava de Helen. Ela era corpulenta, simples e teimosa, e por isso Doris não a suportava. Quando ele lhe comunicou que ia se casar com Doris, Helen deu de ombros e disse:

— Não se preocupe comigo. Não importa com quem se deite na cama, eu simplesmente vou arrumá-la.

A equipe de profissionais de limpeza que Doris contratou para Wild Oats sugava a alma dos tapetes novos com seus aspiradores industriais, desgastava a pintura com o esfregar enérgico, custava dez vezes mais o que Helen havia custado e, ao que ele soubesse, tinha uma língua mais afiada que a de Helen, mas ele não entendia aqueles idiomas todos. E para que tapetes, afinal, enquanto a Belgradia Builders ficasse entrando e saindo, o que, pelo visto, haveria de continuar para sempre? Os empregados passavam mais tempo ao telefone celular falando com a Anistia Internacional do que trabalhando na reforma. Ele nunca os teria contratado, mas Doris não queria saber disso.

Aqui tudo era paz e silêncio. O Claridges parecia mais capaz de controlar a força de trabalho do que Doris a sua, o que até ela começava a admitir. Como previra Barley, havia agora um problema com a companhia de seguros, algo em torno de 250 mil libras, dinheiro que ele haveria de empregar melhor se reerguendo caso o projeto Opera fracassasse. Na apólice, em letras pequenas, havia uma cláusula dizendo que reformas de monta deveriam acontecer apenas mediante aprovação dos construtores da associação dos Master Builders, e é claro que a firma, que Doris escolhera por ter apresentado o orçamento mais baixo, numa ouvira falar dessa organização.

A afirmação de Doris de que o que estava sendo feito em Wild Oats não poderia ser de modo algum qualificado como sendo "de monta" — "de monta" certamente significava reduzir a casa a seus alicerces, o que todos sabiam que ela por sua vez fizera — foi recebida com sobrancelhas erguidas e rostos impassíveis. Nem mesmo a bonomia e as calorosas saudações de Barley os demoveram em seus augustos e sólidos edifícios em Holborn.

— Você sabe o quanto as companhias de seguros estão ganhando com essa anti-social e elitista pesquisa de longevidade — disse Doris, no trabalho, a seu amigo produtor.

— Que tal um documentário incisivo sobre o assunto? Poderíamos fazer com que a lei mudasse.

Mas nem isso serviu para fazê-los mudar de idéia. Barley Salt podia ser poderoso no ramo da construção e já estivera para o chá no palácio e em Downing Street; e Doris Dubois podia ser uma formadora de opinião por excelência, mas a seguradora tinha seu próprio conselho e suas próprias regras, que se aplicavam tanto a clientes famosos e influentes quanto a qualquer outra pessoa.

Mas ali no Claridges tais incômodos podiam ser esquecidos. Havia toalhas brancas e felpudas em abundância; aquarelas tradicionais nas paredes; champanhe de cortesia; frutas exóticas na fruteira, com cartão em relevo dourado por meio do qual a gerência lhes dava boas-vindas. Depois de uma noite de sexo selvagem e de bom sono, eles agora estavam nus, lado a lado, recostados em travesseiros fofos, com fronhas de renda, ele tão másculo, corpulento, peludo, ela tão macia, esguia, flexível, falando disso e daquilo. Realmente, pensou Doris, está bom aqui: eu poderia ter uma vida simples.

Não haveriam de voltar a Wild Oats antes que a Belgradia Builders tivesse terminado a obra, ela disse a Barley. Enquanto isso, Doris deixaria tudo a cargo do arquiteto que contratara para supervisionar o serviço, ou melhor, seu gerente de projeto, que teria que cuidar de tudo sem sua ajuda.

Depois dessa conversa, depois de terem tomado o café-da-manhã na cama, de a camareira ter levado embora o suco de laranja, o iogurte dietético e o café descafeinado, depois de o fluxo de camareiras e atendentes de frigobar ter diminuído, depois de colocado de volta na maçaneta o cartão com os dizeres "Favor não incomodar" para que pudessem novamente fazer amor, o esperado deleite não aconteceu. Por algum motivo, o corpo de Barley não correspondeu a suas inclinações mentais. Por mais que Doris provocasse seu lânguido membro, brincasse com ele, o estímulo não veio. Doris, a própria expectativa febril, ficou insatisfeita, não-possuída. Dessa vez, tiveram os dois que começar o dia sem a excitação do sexo.

Ela não demonstrou a Barley sua decepção. Sabia da existência de problemas a assomar em seus negócios, algo a ver com *Lady* Juliet, *Sir* Random e Billyboy Justice, e que esses problemas eram maiores do que ele imaginara. Ela tivera uma conversa um tanto preocupante no Green Room, depois do programa, com o novo ministro da Cultura — cuja área de atuação, sempre mudando, agora incluía esportes, pesquisa científica e descarte de lixo — a respeito de a loteria estar se retirando das artes e destinando fundos à nova ciência e tecnologia. Doris não dissera nada a Barley. A disfunção sexual muitas vezes está relacionada a "preocupações com os negócios". Era provável que tudo acabasse se resolvendo. Mas ele era consideravelmente mais velho que ela, e isso começava a ficar evidente.

Barley tomou uma ducha, vestiu-se, e Ross, o motorista, telefonou do saguão. Havia uma reunião às onze com empreiteiros sobre a questão do projeto Opera Noughtie. Existia um certo montante de dinheiro russo investido — o que nos dias de hoje significava dinheiro da máfia. Barley suspeitava disso porque haviam traduzido *noughtie* por *naughty** e acreditavam estar investindo numa espécie de projeto de bordel estatal. O empreendimento, porém, destinava-se a comemorar os primeiros dez anos do projeto governamental New Millenial Century in the Arts. A piada não o fez rir. De qualquer modo, a situação era delicada para os russos: se o projeto fracassasse, haveria encrenca, e Ross teria que fazer um curso de atualização para motoristas em matéria de segurança e talvez até mesmo obter licença para portar uma submetralhadora Kalashnikov ou coisa parecida, ao menos quando viajassem para o exterior.

---

*Noughtie faz referência à primeira década do século.
Naughty pode significar "impróprio". (*N. do T.*)

22

Walter e Grace estavam nos braços um do outro na cama do estúdio. Os lençóis de algodão, limpos e bem passados, tendo a máquina secadora sido programada para o ciclo "superseco".

— Você os umedeceu com suas lágrimas — disse Walter. O retrato de Doris fora coberto com um pano para que seu rosto não parecesse espiá-los. Walter a fizera horrorosa ao pintá-la, para fazer Grace rir.

— Ela ficará apresentável no dia certo — dissera ele. — Não podemos nos dar ao luxo de aborrecer o cliente, por mais que a gente queira.

— Você não precisa do dinheiro — argumentara Grace. — Tudo o que eu tenho é seu. É só telefonar para ela e dizer que mudou de idéia.

Mas Walter respondera que não podia viver à custa de Grace, seu orgulho não o permitiria, ele precisava fazer carreira, cinco mil libras não era algo a ser desprezado. E assim por diante. Além disso, o problema o intrigava. Colocar a cabeça de Doris no corpo de *Lady* Juliet? Que tipo de ilusão seria possível criar: um simples estreitamento do corpo produziria a impressão de esbelteza ou de algo grotesco? A singularidade disso tudo lhe parecia estranhamente erótica, mas ele não disse isso a Grace.

A campainha tocou. Grace retesou-se de imediato.

— Fique aqui — disse Walter, pegando um quimono e indo até a porta. — Quem quer que seja, mandarei embora.

Mas, quando ele abriu a porta, viu que eram seus pais. Não era possível mandá-los embora e, além disso, estava contente em vê-los. A mãe vestia seu melhor casaco e os sapatos brilhantes, desconfortáveis, que usava para ir à cidade. Peter vestia um paletó que comprara nos anos 1970 e continuava em perfeito estado; embora tivesse sido fosco na época, agora parecia brilhante. Mas seu olhar amigável, míope, e o nariz pontudo eram típicos, e o cabelo, ralo, como os de homens de quase setenta anos costumam ser. Walter nascera anos depois do casamento.

— Walter, é você mesmo? — disse a mãe. — Claro que é. Você está bem?

— Por que não haveria de estar? — perguntou Walter.

— Parece tão velho. Peter, não parece que Walter envelheceu de repente? Bem, não propriamente velho, mas não é mais um menino. Maduro. Muito bonito.

— O cabelo começa a ficar ralo — disse Peter. — Puxou a mim, coitado, infelizmente!

Na cama, Grace puxou o lençol até o queixo. Suas roupas estavam no banheiro, mas não havia como ela chegar lá sem ser vista. Além disso, precisava escovar os dentes, mas não dava para chegar à pia, porque a figura de proa que Walter recolhera estava no caminho, então era preciso usar o banheiro.

— Mamãe, papai... — começou Walter.

— Desculpe aparecer tão cedo — disse Peter. — Mas sua mãe insistiu em vir de ônibus para economizar dinheiro, e o horário dos ônibus não leva em conta a hora de visita.

Prue fora até o cavalete e ficou contemplando o retrato em sua versão deformada — na melhor das hipóteses um esboço — da cabeça de Doris, que já fora a de *Lady* Juliet.

— Interessante! — disse ela. — É esse tipo de coisa que você está vendendo para Nova York? Aposto que essa jóia deve custar uma fortuna. Devo dizer que está tudo muito bom, Walter, principalmente a jóia. Sempre pensei que você tivesse mais talento para as palavras do que para as imagens, mas Dorothy... Lembra-se da amiga que conheci no hospital quando tive você? Ela telefonou para mim ontem à noite e disse que tinha lido uma nota no *Mail* a seu respeito, dizendo que você era um sucesso na América. As pessoas mais diversas lêem o *Mail*.

Grace tomou coragem e disse "oi", da cama. Peter e Prue voltaram-se em sua direção.

— Desculpem — disse ela —, olhem para o outro lado. Minhas roupas estão no banheiro. Sou Grace, a namorada de Walter. — Ela se levantou da cama e foi ao banheiro.

— Que moça bonita! — disse Prue. E era verdade. A aparência de Grace melhorara muito ultimamente. Estava realmente magra na cintura: Walter começava a alimentá-la com pedaços de bolo de mel e amêndoas numa tentativa de fazê-la engordar. — Dorothy disse que parecia que você tinha uma nova namorada, um tanto mais velha que você, e que tinha lido no *Mail* uma nota não muito simpática a respeito. Mas os jornais fazem tudo errado. Ela é uma bela moça.

— Não somos puritanos nem nada — disse Peter. — Sabemos que tudo mudou, vemos isso na televisão, é um mundo novo, não?, Mas ela está morando aqui ou só passou a noite?

— Morando aqui — respondeu Walter. Grace saiu do banheiro, bonita, vivaz, vestindo uma camiseta e uma saia curta. Todos disseram que era um prazer encontrar uns aos outros. A campainha tocou, e Grace foi abrir a porta: era sua amiga Ethel, companheira da prisão, vestindo uma jaqueta militar e carregando uma mala da penitenciária, feita de material duro.

— Não tenho aonde ir — disse Ethel. — Me puseram para fora com doze libras, que dei a um mendigo a caminho daqui. Ele precisava muito comprar droga, ao que pude ver. Fui ao endereço que você me deu, mas o porteiro me mandou para cá. Você está com uma aparência ótima. Fez plástica no rosto ou algo do tipo?

O telefone tocou, mas ninguém quis atender.

23

Assim que Barley saiu com Ross, Doris passou uma hora ao telefone. Depois, chegando ao local de trabalho, pediu que entrassem em contato com uma jovem chamada Jasmine, especializada em história da arte, que poderia ser encontrada na joalheria Bulgari, e a consultassem para saber se ela queria mudar de emprego.

Ela telefonou para o arquiteto e disse-lhe que supervisionasse os operários. Ele respondeu que sentia muito, mas estava se demitindo; estava acostumado a clientes difíceis, mas Doris fora além da conta. Ela retrucou que seria melhor ele não fazer isso: não apenas havia irregularidades fiscais em suas notas, o que lhe parecia claramente sonegação, mas também ela pagara os operários em dinheiro vivo, por orientação dele, e, de acordo com as novas leis previdenciárias, isso era uma transgressão punível com cadeia. O arquiteto acabou concordando que aquele era um negócio como qualquer outro, exceto porque faria visitas diárias à obra, não só uma vez por semana, e não deixaria por conta de seu assistente. Foi um telefonema bastante longo.

Ela telefonou para Walter Wells, mas ele não atendeu. Aquilo tinha que acabar.

Doris telefonou para *Lady* Juliet para ver se ela lhe venderia a jóia egípcia, mas foi sumariamente desconsiderada. Foi um telefonema bem curto.

Calculando que a essa altura Ross já tivesse deixado Barley, ela ligou para seu celular e perguntou-lhe a data do aniversário do marido, que ela já soubera mas tinha esquecido. Doze de dezembro. Dali a seis semanas. Sagitário. Ela esperava que Ross estivesse seguindo a dieta, esperava não ouvi-lo ruminando. Haveria uma pesagem quando ele aparecesse na sexta-feira, pedindo seu salário. Ross dizia que já era tempo de ele ter uma pensão adequada e um plano de saúde, já que ela estava tão preocupada com seu bem-estar.

— Tarde demais para isso, Ross — disse Doris.

Ela foi a Bond Street, entrou num antiquário que conhecia e comprou uma grande lareira trabalhada em mogno preto-avermelhado, ao estilo do baronato escocês, que deveria ser entregue em Wild Oats no dia seguinte.

*

Voltou ao Claridges, telefonou para a gerência porque a camareira ainda estava por ali no quarto e queixou-se de seu serviço. Doris havia encontrado um caroço de cereja no ralo da pia, o que era nojento.

Não estava de bom humor, o que chegou até a notar. Mas isso era o que falta de sexo sempre lhe causava.

Telefonou para seu decorador e disse-lhe que, de agora em diante, ele se mantivesse em contato com o arquiteto. Ela era uma figura pública e devia ao público toda a atenção. A reforma de Wild Oats devia ser concluída até 12 de dezembro. Ela daria uma festa surpresa para Barley, e todo mundo que fosse alguém haveria de estar presente. A biblioteca devia ser redecorada para combinar com a grande lareira que seria entregue no dia seguinte, e um lugar de honra precisava ser reservado a um quadro de cerca de um metro e oitenta por um metro, que chegaria até 11 de dezembro. O quadro era um presente dela, Doris, para Barley, e seria descerrado durante a festa. Ela não queria saber de problemas, apenas que as coisas fossem providenciadas.

Telefonou de novo para Walter Wells e, dessa vez, atenderam. Mas quem atendeu não foi Walter.
— Grace! — disse Doris. — Que surpresa! Diga a seu garotão que preciso posar mais uma vez. Não creio que um bom artista possa trabalhar a partir de uma polaróide. Ele terá que estar em meu apartamento em Notting Hill às cinco da tarde.

*

Barley não devia ter se comportado como alguém tão velho e a deixado com aquele sentimento tão singular. Os jovens não são tão facilmente afetados por "preocupações de negócios". Ele tinha o que merecia, por sua descortesia para com a namorada do país.

Ela ouviu no rádio uma declaração oficial anunciando cortes orçamentários para as artes e um concomitante aumento de fundos destinados à pesquisa científica. Telefonou para a Bulgari e disse-lhes que fossem em frente: ela apareceria às 13h20 para escolher as pedras. Que todos desistissem do almoço, estavam na Inglaterra, não na Itália. Ela própria nunca almoçava.

Teria telefonado às amigas, mas não tinha nenhuma.

24

Quando eu tinha pouco mais de trinta anos, Carmichael era pequeno, e Barley vivia entrando em falência e saindo dela, às vezes tínhamos que fazer as malas e fugir dos credores; eu então pensava que, quando tivesse cinqüenta, teria uma vida tranqüila. Não haveria mais angústia; não haveria mais ciúme; não mais teria que examinar os bolsos de Barley para descobrir onde ele estivera na noite anterior. *Não faça perguntas se não quer saber a resposta.* Foi o que minha mãe certa vez me disse. Nada de descobrir que Barley mantinha um caso com uma piranha qualquer num apartamento em St. John's Wood, esse tipo de coisa. E de ficar pasma com o gosto dele. Cheguei a ir vê-la, e que lamurienta ela era. Barley gosta de mulheres calmas — foi assim que sempre me apresentei — ou ousadamente vivazes e detestáveis, como Doris, que nunca deixa uma folha de grama crescer se puder esmagá-la com o pé.

*

Na minha cabeça, fiquei esperando que esses absurdos parassem. Um dia Barley haveria de crescer e querer segurança; não viver de modo perigoso, tanto do ponto de vista financeiro quanto emocional. Ele começaria a se preocupar com sua virilidade, não arriscaria o vexame de fracassar com uma nova mulher e voltaria para casa, voltaria para mim.

Enganei-me: aqui estou eu com cinqüenta e tantos anos, e a montanha-russa vai ficando pior: começa com um leve tremor, a harmonia começa a desandar, os sons passam a se confundir em ritmo mais frenético, compondo a onda de ressonância e, antes que a gente se dê conta, está numa situação semelhante à da ponte Tacoma Narrows, que está para se partir em pedaços.

Certa noite, estava eu calmamente em casa; no dia seguinte, Barley chegou mais cedo e disse que estava apaixonado por Doris Dubois.

Minha primeira reação instintiva foi o riso, o que foi um equívoco, é claro.

— O que há de tão engraçado nisso — perguntou ele.

— Querido — disse eu com uma confiança que não devia ter tido. — Ela conseguiria qualquer um. Não creio que você vá ter muita sorte.

— Mas ela me ama — respondeu Barley. — Você sempre me subestima. Não me leva a sério. Preciso ir buscar fora do casamento alguém que faça isso.

E ele disse que queria o divórcio e que eu poderia ficar com a casa de campo. Ele estava de mudança, todos podíamos ser perfeitamente civilizados, não?

Foi só depois de eu ter ficado à espera de Doris no estacionamento perto de seu local de trabalho e tentar matá-la que ela decidiu se mudar para a casa de campo. Meu divórcio prosseguiu mais ou menos sem mim, já que eu estava na cadeia. E, embora meu advogado fosse uma vez ou outra me visitar lá, ficou traumatizado com o barulho, o tumulto, o choro de crianças, com os encontros sexuais proibidos durante o horário de visitas, mas mesmo assim realizados, com as lágrimas e humilhações e com os beijos apaixonados durante os quais se passavam drogas de boca para boca. Era difícil para ele se concentrar; estava acostumado ao ambiente das velhas escolas de direito e, como vivia me dizendo, era especialista em divórcio, não em direito penal. E eu, para dizer a verdade, também estava bastante traumatizada, não lutei tanto quanto deveria, e Doris se deu bem. Ela se dá bem. Às vezes quase a admiro por isso. Mas é preciso resistir a esse tipo de pensamento, como diz o dr. Jamie Doom. É a fala da vítima: a pessoa torturada passa a admirar a habilidade do torturador — a ponto de quase se apaixonar.

Parei de ir ao dr. Doom. Ele disse que ainda não estou "pronta", mas parece contente com minha felicidade, minha nova montanha-russa de medo e desejo; disse também que não vai me denunciar ao serviço de vigilância da liberdade condicional.

*

Detestei a casa de campo logo que nos mudamos para lá. Barley não tinha me consultado ao comprá-la. Parecia muito pretensiosa, muito grande, um desafio para o síndico da massa falida. Mas passei a gostar dela em razão dos tijolos vermelhos e da rusticidade. Conhecia cada ínfimo cantinho da casa, e fui com a vassoura e a pá de lixo a todos os lugares, visíveis e invisíveis. Conhecia seu temperamento e seus hábitos, sabia que a escada para o sótão era assombrada, de lá vinham umas batidas, nas noites de sexta-feira, que não deviam acontecer, e, se a gente subisse para ver o que era, acabava sentindo um arrepio e ouvindo vozes de uma ou duas pessoas que não estavam lá, às vezes chorando, às vezes rindo. Nos outros dias da semana, nada acontecia. Isso nunca me incomodou, mas Carmichael costumava acordar quando pequeno e queixar-se de uma mulher de branco ao pé da cama.

Agora Doris tem minha casa e meu marido, para fazer o que quiser com tudo isso, e dorme no quarto que Barley e eu dizíamos ser nosso. Mas Ross me disse — eu o encontro no McDonald's perto do Health Club — que o teto caiu em cima deles e eles tiveram que ir para o Claridges. Ela vai gostar, fica mais perto das lojas. Ross está tentando perder peso. Doris o faz subir na balança toda sexta-feira antes de pagar-lhe o salário. Dou-lhe comprimidos diuréticos — isso às vezes ajuda.

Eu pensava que, quando tivesse mais de cinqüenta anos, não me veria subitamente confrontada com pessoas idosas chocadas por me ver nua numa cama suspeita, que sempre conseguiria chegar à pia para escovar os dentes, que companheiras de cadeia não apareceriam para me pedir favores. Estava enganada. Na juventude, as convulsões do destino, da sorte e do amor surgem em intervalos curtos; à medida que envelhecemos, os períodos em que nada acontece são mais longos, mas as convulsões são mais violentas, como ondas de maré num mar calmo, em vez de ondas pequenas e espumantes em mar encrespado. Isso é tudo o que acontece. Nada muda.

Não estou querendo pensar que Doris chamou Walter para seu apartamento em Notting Hill e que ele lá foi, bloco de papel sob o braço, rindo-se de meus temores. É uma montanha-russa pior do que qualquer outra de que me lembre do tempo de Barley, meu coração agora está na boca, vai para as botas, volta a bater no peito, e estou de estômago revirado. Sou velha, e ela é jovem. Como posso competir? Essa ponte, essa cintilante flecha do desejo, como a que vai de Tate Modern a St. Paul, ligando o presente ao passado, está correndo o risco de partir-se com o abalo de vibrações sucessivas.

25

Grace McNab, ex-Grace Salt, talvez um dia Grace Wells — cada vez mais para as últimas letras do alfabeto ao longo da vida —, encontrava-se na sala de espera do dr. Chandri, cirurgião plástico, em Harley Street, quando *Lady* Juliet Random surgiu. Grace tinha hora marcada para as cinco; *Lady* Juliet, para as cinco e meia.

A sala de espera era bem pouco atraente: uma grande mesa redonda no meio, com pilhas bem arrumadas de *Country Life* não lidas e algumas cadeiras de espaldar reto encostado na mesa. O encanamento era visível através das paredes, onde havia fotografias de mulheres antes e depois da plástica; antes: narizes e queixos estranhos, olhos empapuçados, bossas de gordura; depois: traços no mínimo comuns, quando não surpreendentemente belos. O lugar cheirava a clorofórmio e éter. Chandri estava atrasado. Já eram 17h25, de acordo com o relógio de ébano trabalhado, com figuras esculpidas de veados feridos e cães latindo, colocado acima da lareira. Se Walter Wells tivesse chegado na hora certa, já estaria com Doris Dubois há 25 minutos.

Harry Bountiful diria a Grace se ele chegou na hora ou não e o que foi dito no encontro. Estava envergonhada de ter novamente recorrido ao detetive, mas o ciúme a levara a isso, assim como a levara a tentar atropelar Doris. Não adiantava nada, mas, para uma pessoa devastada pela dúvida, era menos doloroso saber do que imaginar. O que se imagina costuma ser pior do que aquilo que acontece. No caso de alguém como Doris, no entanto, cuja auto-estima ficava em alturas estratosféricas, era exatamente o contrário. Verdades desagradáveis vinham como surpresa, não como uma confirmação dos piores medos. Harry Bountiful não chegara a retirar os grampos do apartamento de Doris, embora Grace tivesse deixado de pagar-lhe os adiantamentos quando Doris e Barley se casaram. Para quê? Barley não voltaria. Se Barley descobrisse que ela espionava sua vida, ele teria rido. Grace não queria que Walter descobrisse. Ele não veria isso com bons olhos.

— Minha querida Grace — disse *Lady* Juliet. — Que ótimo ver você! O que tem feito? Quero dar um jeito no meu nariz. É grande demais, e me dou conta disso toda vez que olho para aquele belo retrato que seu jovem Walter pintou. Como vão as coisas? Você está maravilhosa. Acho que é o sexo que faz isso, principalmente o sexo oral, que tanto se faz no começo. Não há nada melhor para a pele.

— Walter está pintando o retrato de Doris Dubois — disse Grace soturnamente. — Ela o pressionou.

— Doris costuma mesmo fazer isso — concordou *Lady* Juliet. — Estou certa de que Barley nunca quis realmente se separar de você; foi uma falta de sorte que, entre tanta gente, ele tivesse se deparado com ela. É como pisar num escorpião dentro do sapato: a culpa não é de ninguém, mas lá está a pessoa picada e gritando. Esta manhã mesmo ela teve a coragem de telefonar para mim oferecendo-se para comprar meu colar Bulgari, um que Ronald me deu quando nosso filho nasceu. Como se a questão toda se resumisse a dinheiro. E, sem dúvida, o pobre Barley esperava que fosse pagar. Expliquei que custava quase um milhão, que não era uma dessas peças prontas, do dia-a-dia, que custavam um décimo disso, e nem assim ela desistiu. Tratei logo de dispensá-la, você gostaria de ter ouvido. Pobre Barley, tenho a impressão de que ele logo vai ter problemas; não deveria permitir que ela o fizesse gastar desse jeito. A casa de campo sempre foi um lugar ingrato, mas agora deve ter se transformado num verdadeiro pesadelo. Tudo o que se pode fazer com essas casas velhas é enchê-las de *chintz*, mandar fazer uma cozinha nova, concentrar-se em umas poucas salas e tentar tornar o lugar acolhedor, não moderno.

— Que tipo de problema? — perguntou Grace. — A Opera Noughtie? Pobre Barley! — Ela se solidarizava e ficava ansiosa por ele; era quase automático.

— Só uns murmúrios ao vento — respondeu *Lady* Juliet.

— Mas eu venderia aquele seu apartamento enquanto você

recebe pensão e colocaria o dinheiro fora do alcance de Barley. Gosto muito dele, mas você sabe como ele é.

— Sei — disse Grace, e o dr. Chandri apareceu em seguida, todo carisma, olhar brilhante e amável; chegava a hora de Grace entrar no consultório. *Lady* Juliet sorriu, disse ter todo o tempo do mundo, que ninguém se apressasse por causa dela, e abriu uma *Country Life* para provar que tinha.

Chandri — ele gostava que os pacientes o chamassem apenas de Chandri — era escultor, além de cirurgião. Fazia obras de arte em pedra. Espalhadas pelo consultório, havia belas mulheres, como ele as descrevia em seu currículo, com selos de galerias de arte ainda afixados — Tóquio, Ontário, Nova York, Berlim —, mulheres em granito brilhante e maciço. Mas, acima de tudo, ele gostava de trabalhar com o corpo vivo. Estar em contato com o outro em busca de beleza era algo maravilhoso. Deus lhe dera o dom da beleza — ele era de fato bonito, de um modo pleno, expressivo, magnético, pele cor de azeitona, Hare Krishna — e também o anseio de partilhá-la. Diante dele, encontrava-se aberta a ficha de Grace.

— Será que há algum engano? A filha da sra. Salt, talvez?

— Sou a sra. Salt, embora agora seja conhecida como Grace McNab.

Ele tinha fotografias de Grace, de rosto, de perfil, tiradas da última vez que a vira.

— Então não confiou em mim! Escolheu outro cirurgião. Quem quer que seja, ele fez um bom trabalho. — Ele era generoso. Podia dar-se ao luxo de ser.

— Não procurei outro — respondeu Grace. — Só que decidi não ir em frente.

— Não há nenhum comunicado a esse respeito aqui no arquivo. Você faltou à consulta.

— Desculpe — disse Grace. Tinha se esquecido disso. — Eu estava meio atordoada na época.

Estava mesmo. Fora no mês em que Barley dissera que ia embora. Helen, a faxineira, ao vê-la chorando na cama, dissera-lhe que não era de surpreender, que Grace se abandonara, dissera-lhe que fizesse um regime e uma plástica no rosto, que abrisse os olhos, levantasse a cabeça, comprasse umas roupas decentes e lutasse. Já sua irmã Emily — que ainda falava um pouco com ela, mas isso foi antes do julgamento e da sentença —, lhe dissera que não se deixasse banalizar, que era bom ter-se livrado de Barley. Helen venceu, Grace consultou Chandri, depois disso outros acontecimentos tiveram vez. Na cadeia, só era possível sair para tratar os dentes, em caso de dor, nada de cirurgia plástica.

— Difícil acreditar que a pessoa aqui na minha frente seja a mesma das fotografias — disse Chandri. — Seus olhos dobraram de tamanho; a pele está esticada; o pescoço, liso.

Ele parecia irritado. Procurou cicatrizes atrás das orelhas de Grace e não encontrou nenhuma. Seu tom de voz se alterou. A pele cor de azeitona ficou vermelha e escura com o afluxo de sangue. Acusou Grace de ser uma jornalista querendo desmascará-lo, uma feminista terrorista, uma histérica contrária à cirurgia plástica, que fora paga para ir lá, passar por sua mãe, para ver se ele notava. Olhou ao redor em busca de câmeras e gravadores ocultos. Pediu que Grace lhe mostrasse o que tinha na bolsa. Ela obedeceu. Não havia nenhum aparelho eletrônico, apenas lenços de papel, batons, blocos de anotações, chaves, canetas, cartões de crédito, recibos velhos, como em qualquer bolsa inocente.

— Os outros me reconhecem — disse ela, argumentando.

— *Lady* Juliet me conhece bem. Ela está lá fora na sala de espera. Vamos chamá-la?

Mas Chandri não queria saber disso. Não queria ver *Lady* Juliet, uma ótima cliente, exposta àquela situação desagradável.

— Eu estava infeliz na época, agora estou feliz — disse Grace, com firmeza. — Só isso. — Ao fazer tal afirmação, sabia que era verdade. A infelicidade de antes tentava se introduzir no presente e destruí-lo. Ela estava sendo obsessiva e desproposidata: Walter poderia muito bem pintar Doris Dubois e não se deixar seduzir por ela, nem mesmo gostar dela um pouco que fosse. Harry Bountiful não teria nada a relatar: ela não devia tê-lo procurado; não devia ter duvidado de Walter; devia ter confiado no amor e deixado por isso mesmo. Grace queria encontrar Walter e dizer que lamentava o que fizera. Queria sair do consultório daquele louco imediatamente; somente os bons modos a impediam de fazer isso naquele instante. Estava aborrecida consigo mesma: procurara Chandri por causa do pânico e do desespero, esperando uma transformação, ansiando pela juventude, acreditando que assim manteria Walter ao seu lado. Não corria o risco de perdê-lo. A idéia de que uma plástica pudesse lhe trazer Barley de volta faria mais sentido. Barley fazia questão da juventude; Walter, não.

— Estou apaixonada — disse ela em tom brando de voz.

— Isso muda as pessoas. — Esse argumento pareceu acalmar o cirurgião. Seu rosto voltou à cor normal, sua voz readquiriu a serenidade habitual, calculada para inspirar confiança.

— O amor — disse ele. — Ah, o amor!

Ele a levou a uma pequena sala cheia de misteriosos aparelhos eletrônicos e lá, com a ajuda de uma enfermeira bonita, escaneou, mediu e fotografou de diversos ângulos o rosto de Grace. Inseriu os dados no computador e imprimiu uma imagem. Parecia ter ficado satisfeito consigo mesmo.

— Esse processo costuma ser efeito ao contrário — explicou ele. — Mas domino tanto a tecnologia que o computador não me assusta. Peguei seu rosto de hoje e o envelheci vinte anos — disse ele —, e o resultado é igual às fotos suas que tenho no arquivo, tiradas dois anos atrás. Veja você mesma.

Grace examinou as fotos. Parecia haver muito pouca diferença entre um grupo de imagens e outro. A gente se acostuma tanto com o próprio rosto no espelho que fica difícil distinguir entre o que viu hoje e o que viu no passado, o que é recordação e o que acontece no momento.

— Quer dizer que estou rejuvenescendo, não envelhecendo? — perguntou ela.

— Isso seria um milagre — respondeu Chandri, com voz vacilante, mas prosseguiu com coragem. — Mas aqui no Ocidente não acontecem milagres. — Ele a estava pondo para fora. — Permita-me dizer que a senhora não precisa de meus serviços. Tenho reputação de ser um homem íntegro, e não vou ganhar dinheiro à custa de mentiras. Caso mude de idéia e resolva me dizer o nome do cirurgião que a operou, não cobrarei a consulta. Fazer tudo isso e não deixar cicatrizes; terapia genética está fora de questão?

— Está — respondeu Grace. Para que discutir? Chandri fizera um bom trabalho com *Lady* Juliet, mas ela, Grace, não lhe confiaria seu rosto, e ficou satisfeita por não ter feito isso no passado. O homem era um histérico.

Grace tirou o episódio da cabeça e correu para casa para ver se Walter tinha voltado, mas ele não tinha.

26

Ross encontrou Harry Bountiful no balcão de sucos do Health Club. Grace recomendara aos dois o lugar e a excelente piscina. Sentados em bancos vizinhos, começaram a conversar enquanto tomavam suco de uva vermelha, os dois últimos pedidos antes de o bar fechar. Os bancos eram altos, duros e estreitos, fazendo as nádegas de Ross ultrapassarem desconfortavelmente os limites do assento; Harry não tinha esse problema, era esbelto como Humphrey Bogart e também parecido com ele. De todos os sucos ali disponíveis, eles concordaram, o de uva vermelha era o mais parecido com vinho e dava a ilusão de alimento. Ross explicou que estava fazendo um regime imposto pela nova mulher do patrão. Harry comentou que de jeito nenhum ele aceitaria isso, ele se demitiria; Ross respondeu que ficou muito tentado a fazer isso, mas não queria deixar o patrão.

*

Harry disse que estava tentando parar de fumar porque, em seu trabalho, era importante poder sair de uma sala de modo rápido, sem deixar vestígios nem cheiro de cigarro no ar. Uma cliente lhe dissera que a natação ajudava a abandonar o hábito. Os dois se queixaram do cheiro de cloro impregnado no bar, que nenhum incenso disfarçaria, e saíram para tomar um drinque de verdade e comer um petisco. Depois de duas cervejas cada um, Harry comprou um maço de cigarros e Ross pediu uma porção de peixe, fritas e ervilhas.

Era um *pub* gay, barulhento. Os dois heterossexuais se esconderam num canto escuro, tentando não chamar atenção para si, e, para que pudessem se ouvir, precisavam inclinar-se um na direção do outro.

Ross acabou revelando que a nova mulher do patrão era Doris Dubois. Harry quase caiu da cadeira e contou que naquela mesma noite ouvira Doris Dubois conversar e fazer outras coisas com um artista chamado Walter Wells. Estava com a fita no bolso.

— Walter Wells! — exclamou Ross. — Mas é o jovem com quem Grace Salt passou a viver recentemente.

— Isso mesmo — confirmou Harry. — Ela é minha cliente. — E os dois se admiraram da coincidência que os juntara, que não era coincidência alguma, é claro.

— Bem, isso me põe num dilema — disse Ross. — Devo contar a Barley Salt que sua nova mulher está pulando a cerca com esse Walter Wells ou não?

Ele raspou as últimas ervilhas do prato, passando-as antes pelo que restava do molho tártaro; havia um simpático remoinho verde-dourado no fundo do prato; comer é mesmo uma delícia, difícil abrir mão.

— Ainda não sei o que aconteceu — explicou Harry. — Ainda não ouvi a fita. Grace não quis que eu ouvisse. Disse para eu deixá-la com o porteiro do prédio de Tavington Road. — E apalpou-a no bolso. Está aqui, segura. — Mas como Doris o chamou a seu apartamento de Shepherd's Bush, e eles ficaram lá a sós, penso que alguma coisa deve ter acontecido. Grace deve achar que sim, ou não teria me mandado espionar.

— Doris devia ter colocado o apartamento à venda — disse Ross. — Pobre amigo Barley, ele acredita que ela fez isso. E aqui estou, num dilema nada fácil para um homem sossegado como eu. Devo contar? Ou não? Ou ele cai em cima de mim por causa da má notícia, ou ela, por eu não só não ter perdido peso como ganhado.

— Isso é o que acontece — disse Harry — quando se força alguém a fazer o que não quer. Minha mulher me deixou porque não parei de fumar. Disse que isso dava asma nas crianças. Era a mania dela de limpeza que dava asma nas crianças. Elas podem agüentar um pouco de sujeira e um pouco de nicotina para calibrar os pulmões. O estresse decorrente disso tudo me fez passar de dois maços por dia para quatro. Agora tenho que parar por causa do trabalho.

— Ele tossiu na cerveja. Os dois eram cinqüentões. Difícil se adaptar aos novos tempos. Eles tentaram, indo ao clube nadar e beber suco, mas o hedonismo do velho mundo continuava a atraí-los com seu canto de sereia.

— Vou lhe dizer uma coisa — disse Ross. — Vamos ouvir essa fita.

Foram à casa de Harry e ouviram. Desde que a mulher de Harry o deixara, seis meses atrás, ele não passava aspirador no chão nem lavava os pratos de jeito nenhum. Harry tinha um periquito australiano numa gaiola na sala, o que intensificava o cheiro de mofo. Mas era um lugar aconchegante, uterino, e os dois ali se instalaram com suas latas de cerveja e sacos de batata frita.

27

A fita foi ativada às 16h25 da tarde. Os microfones captaram ruídos no apartamento de Doris: ruído de uma chaleira; ruídos de Doris se despindo e tomando uma ducha, depois, um miado de gato; Doris ralhando na sala em meio a uma correria em que ela se encontra provavelmente nua; ruídos intermitentes de chuveiro ligado.
— Seu safado, como foi entrar? Você não mora mais aqui. Saia já!
Ruído de louça quebrando.
— Veja só o que me fez fazer! Coitadinho, machuquei você? Ui, isso é sangue? Não sabia que gatos sangravam. Não, você só está fazendo cena. Não há nada de errado com sua pata, senão não estaria ronronando. Você mora no apartamento ao lado. Não tem mais nada a ver comigo. Paguei à mulher para ela cuidar de você. Devia ter levado você ao veterinário e mandado dar um fim. Não tem nada que vir aqui e fazer

com que me sinta mal. Não sou muito ligada a gatos, eu lhe disse isso desde o começo. Agora saia, saia, saia antes que eu leve você ao veterinário!

Há um miado choroso no momento em que o gato é colocado para fora e umas poucas lágrimas de Doris.

— O que eu podia fazer? Barley odeia gatos. Eu odeio Barley.

O chuveiro é finalmente desligado. Música *country and western* no rádio; Doris canta junto *D.I.V.O.R.C.E.*

O telefone toca. A música pára.

— Ah é você, Flora? O que quer? Por que está ligando para cá? Não dava para esperar a hora do trabalho?... Não, não é um engano. O programa não precisa mais de você. É, três meses em vez do aviso prévio. Absolutamente normal. Quem quer funcionário descontente trabalhando num programa de televisão? Seu contrato é temporário, todos os meus pesquisadores são... não, assinar esses papéis, ou no seu caso não assinar os papéis não é uma formalidade, é a dura realidade, querida. Vamos dizer, bondosamente, que você não serve para ser pesquisadora de TV... Não tenho mais nada a dizer sobre isso. Sim, claro que passou pelos devidos canais. Claro que Alain sabe, ele é chefe do departamento. Ele notificou o departamento pessoal. Simplesmente vá embora, Flora... Essas lágrimas não me convencem.

O telefone bate no gancho. Ouve-se novamente a música; *somos gente de família... minhas irmãs e eu*; Doris dança um pouco, vitoriosa.

— Vaca! Vaca! Vaca! Mostrei para ela quem eu sou!

O telefone toca de novo.

— Não vou mais falar disso, Flora. Isso é assédio... Ah, é você, Alain? Sim, enviei os papéis... Sim, assinei seu nome, Alain; tivemos essa conversa antes, lembra?... Concordamos que Flora tinha que ir embora. Sim, concordamos. Numa reunião à tarde. Depois do almoço. Você estava comemorando. Vitória da Inglaterra... Não, não quero que ela seja transferida. Ela é agourenta, espalha receio e desânimo, fica contando histórias. Eu a quero fora do prédio. ... O que quer dizer com as pernas dela são boas demais para ficar lá?... Ah, entendo, você está brincando. Vou-lhe dizer uma coisa, Alain, eu não tenho senso de humor.

O telefone é desligado.

— Puxa, já passou da hora quase trinta minutos e nem sequer estou vestida!

A campainha toca.

— Mas tudo bem, é o destino... Walter, entre. Desculpe não estar vestida, está um forno aqui dentro. Não venho muito a este apartamento. Mais ou menos como faz Grace com o dela, imagino. Deixe-me pendurar seu casaco. Está perfumado, Walter. Tão másculo! Aposto que Grace gosta do seu perfume.

Ruído de roupas sendo mexidas.

Voz de Walter:

— Você pediu que eu viesse. Aqui estou. Posso perfeitamente trabalhar a partir da polaróide. O que você quer?

— Meu cabelo está diferente. Quero que saia no retrato do jeito que está agora. Vai ter que tirar uma outra foto.

— Agora o cabelo está molhado.

Ruído de secador. Voz de Doris:

— Seca num minuto. Estava pesado e pouco natural. Agora vai ficar leve e solto, como eu. Meu verdadeiro espírito. Nada de estilo Barley. Puxa, o casamento faz coisas terríveis com a mulher. Você não se sente preso com Grace, ela é tão maçante, fez Barley chegar às lágrimas. O que você vê nela? Não, não me diga. Dinheiro, *status*. Bem, somos todos um pouco desse jeito. O mundo é cruel, precisamos sobreviver. Silêncio. Em seguida:

— Segure um pouco o secador, Walter, por favor, enquanto levanto o cabelo... Abaixo do peito, aponte para cá, ainda está úmido do banho... tão bom, como dizem nos filmes pornôs.

O secador é colocado em potência máxima, depois reduzida, depois desligado. Voz de Walter.

— Vou bater uma foto do seu novo cabelo e vou embora. Só isso.

— Você é tão velho e cheio de histórias! Curioso, antes você parecia um rapaz, agora é um homem. Acho que poderia ser tão grande quanto Picasso. Tem um domínio tão grande. Já lhe disse que acho que vamos poder cobrir sua estréia em Nova York? Isso seria ótimo, Walter.

— Sei disso.

— Se tudo correr bem, é claro. Preciso do retrato para 12 de dezembro. É aniversário de Barley. Quero que você esteja presente. A mídia vai estar lá para o descerramento. Você pode? Claro que pode. Tem bastante tempo. E lembre-se de que quero o fundo avançando nas laterais, para que eu fique tamanho oito, sem perda da qualidade artística. Vai ser uma surpresa para *Lady* Juliet. O Bulgari dela no meu peito. Isso vai ensiná-la a não mexer comigo. Depois, mandare-

mos o retrato a Nova York para a abertura da exposição no dia 16. Já combinei tudo com o pessoal da galeria. Pode secar minhas costas, por favor?
— Já está seca, Doris.
— Adoro quando me chama de Doris. Tão erótico! Tão *Déjeuner-sur-l'Herbe* isso, não acha? Eu tão despida, você tão vestido!
— Levante-se e pare de se mexer, Doris. Deixe-me bater a foto. Seu cabelo está exatamente como estava antes. Depois, vou para casa encontrar Grace.
— Fique e tome um drinque. Direto da lata. Um refrigerante de laranja? Não pus nenhum Rohypnol dentro, juro.
Ela foi à geladeira, e ao abrir a porta, mudou a posição do ímã que escondia um dos grampos. Depois disso, o som ficou tão distorcido que era difícil imaginar o que estava acontecendo.

Ross e Harry haviam ouvido em silêncio. Em seguida:
— Será que aconteceu ou não? — perguntou Ross.
— Difícil saber — respondeu Harry. — Mas ele até que resistiu bem.
— Aposto que ela aplicou o golpe do Rohypnol em Barley — disse Ross. — Vai ver que adultera as latas. Foi assim que deve ter fisgado o pobre velho na primeira noite, quando pediu que a levasse em casa. Fui eu que levei os dois até lá depois do programa. Ele ficou com ela bem umas seis horas. Pensei que estivesse bêbado, mas talvez estivesse drogado. Ele disse alguma coisa a respeito de estar com sede;

lembro que, no caminho, parei num quiosque para comprar um refrigerante de laranja. Talvez dê vontade de fazer isso.

— Achava que, com Rohypnol, a gente se esquece de tudo. Se quer sexo, deixa de ser seletivo, faz como um animal. Depois esquece tudo. Parece fazer sentido.

— O corpo se lembra do que foi bom — respondeu Ross —, embora o cérebro não. No dia seguinte, ele me perguntou com quem ele tinha estado na noite anterior e respondi que com Doris Dubois. Depois, ele telefonou para ela e não voltou mais atrás, adeus casamento, adeus Grace. A culpa foi minha. Eu devia ter calado o bico.

Eles teceram comentários a respeito de como o corpo podia lembrar-se e a mente não, e Harry admirou o romantismo de Ross. Ross sugeriu que Harry arranjasse uma alma gêmea para o passarinho, que devia sentir-se muito só. Harry respondeu que faria isso na manhã seguinte.

Beberam mais cerveja. Ross contou a Harry de seus cinco anos no exército, três como mercenário, oito como segurança de loja e, por fim, de seu treinamento para motorista guarda-costas. Harry lhe disse que, caso ele um dia desistisse de seu emprego com Barley, os dois poderiam formar uma sociedade. Uma pessoa como ele certamente fazia falta no mundo da investigação particular.

Como combinado, Harry e Ross entregaram a fita ao velho sr. Zeigler, o porteiro de Tavington Court. Pararam no caminho para comer um espaguete e, por pouco, não cruzaram com Ethel voltando com um tipo alto do Oriente Médio, que vestia um casaco de camelo e muitos anéis de ouro. Ela havia se mudado para o apartamento de Grace, o lugar mais plausível para ela ficar até que encontrasse trabalho e onde morar. Naquela noite, ela saíra para ganhar a vida da melhor maneira que lhe era possível. Como mulher.

28

Odeio Doris Dubois, o que é razóavel, e Doris Dubois me odeia, o que é perverso. Ela quer arruinar minha vida. Quer o que eu tenho. Quer Barley e agora quer Walter. Só para se divertir, para provar que é capaz de consegui-lo. Depois, ela o joga de volta para mim, como um osso roído com um fiapo da carne que restou. Por que ela faz isso? Eu só a tinha encontrado uma vez antes de ela fugir com Barley. Ele lhe dera dinheiro para um projeto de arte dirigido a crianças deficientes; ele havia me levado à inauguração; ela era a apresentadora do evento — pagaram-lhe cinco mil libras, eu soube depois — e falou um pouco comigo; foi gentil. Fez perguntas a meu respeito, e respondi que eu não *fazia* nada, era apenas uma dona-de-casa que espera o marido, que tinha um filho, uma casa, que gostava de cuidar do jardim e que, sob todos os aspectos, era uma pessoa chata, mas *feliz*.

— Você me lembra minha mãe — disse ela e afastou-se num passo arrogante, com ar zangado e ofendido, o que me surpreendeu. Foi diretamente falar com Barley e convidou-o para um programa do mês seguinte, no qual o assunto seria homens de negócios que patrocinam as artes, ou alguma desculpa semelhante.

Ele questionou se deveria participar, e eu também. Podem fazer com que as pessoas pareçam muito tolas em tais programas. Fala-se com sinceridade e franqueza diante da câmera, mas, depois, colocam o entrevistado num contexto que ele não havia previsto. Se por acaso Doris Dubois fosse contrária ao patrocínio privado das artes e a favor do subsídio estatal, o patrocinador da iniciativa privada — Barley, no caso — poderia acabar parecendo um tolo, intrometido e pretensioso. De início, Barley disse não, mas depois Doris mandou uma pesquisadora muito simpática, uma historiadora da arte chamada Flora, procurá-lo; uma moça bonita, de pele clara e pulsos finos, e acabamos, eu e Barley, fazendo uma boa amizade com ela, como às vezes fazem os casais com mulheres solteiras.

Flora interessou-se pelo fenômeno de assombramento das sextas-feiras em casa; tinha uma teoria segundo a qual os fantasmas podiam vir também do futuro, não seriam apenas sombras projetadas do passado. Ela, Barley e eu passamos toda uma noite de sexta no sótão, na companhia de garrafas térmicas de café, sanduíches e uma televisão portátil. Nada aconteceu, é claro; todos os instrumentos de Flora — os caçadores de fantasmas procuram detectar mudanças de energia magnética, temperatura e coisas do tipo — permaneceram inalterados, mas foi divertido. Ela era uma espécie de catalisadora, que parecia manter Barley e eu unidos; tinha um rosto sério, adorável, pele translúcida, mãos brancas, elegantes, e belas pernas, mas não tive um pingo de ciúme. Gostei muito dela. Foi muito por causa de Flora que Barley acabou aceitando ir ao programa, e isso foi o fim para nós.

Soube que Flora foi ao casamento de Barley com Doris, o que me decepcionou. Mas suponho que ela seja apenas uma dessas pessoas que dizem "não tomo partido" e acabam se afastando.

— Não deveria ter dito a Doris Dubois que você era feliz — disse o dr. Jamie Doom. — Foi como agitar um pano vermelho diante talvez não do touro, mas de uma vaca ferida. Pobre Doris Dubois, ela é muito infeliz.

Hoje, pela primeira vez, vejo esse homem como ser humano, não como terapeuta. Ele é alto, corpo largo, um Harrison Ford de North London. Tenta me fazer amar as pessoas que odeio e odiar as que amo. Ame Doris Dubois, odeie Barley. Diz que sou perversa, mas acho que está falando de si próprio. Sinto-me estranhamente indiferente a Walter neste momento, como se ele não entrasse em nenhuma equação relevante. Espero que o sentimento adequado logo retorne. Creio que ainda estou em estado de choque. Quando olho para dentro de mim, vejo tudo dilacerado, extremidades rasgadas; difícil explicar isso ao dr. Doom. Fui ferida com uma espada de muito mau corte.

Depois de ter ido ao consultório do dr. Chandri — experiência bastante estranha que me pôs na cabeça a idéia de que eu estava literalmente rejuvenescendo, rejuvenescendo também do ponto de vista emocional e aos olhos dos outros, de que outro modo eu poderia reagir? — cheguei em casa e vi que Walter não estava. Meu orgulho não permitiria que eu telefonasse para Doris, embora Walter tivesse me deixado o número em sua mesa de pintura, em meio aos tubos de tinta, trapos e o vidro de terebintina borrado. Agora que está comigo, ele usa tinta cara e não mais precisa recorrer aos substitutivos empregados por estudantes de arte. O relógio marcou dez horas, onze. Nada de Walter. Bebi uma garrafa de vinho. Abri outra. Meia-noite. Meia-noite e meia. O rosto distorcido de *Lady* Juliet me olhava do cavalete. Walter traçara uma linha tosca no contorno do corpo para reduzi-lo ao tamanho de Doris Dubois. O colar Bulgari, solene e inalterado, permanecia serenamente ao redor do pescoço liso, em meio à confusão de tinta.

O meu retrato pintado por Walter agora estava fora do cavalete e pendurado na parede. Eu estava bem no retrato; não com a expressão suave de *Lady* Juliet, mas bem, o que me reconfortou.

No entanto, não conseguia mais esconder de mim mesma que Doris e Walter deviam estar fazendo algo além de conversar a respeito do retrato de Doris. A não ser que Walter tivesse sofrido algum acidente; mas eu sabia por experiência que isso era o menos provável. Quantas vezes, depois de Carmichael ter completado 16 anos, eu procurara a polícia, os hospitais, queixando-me do desaparecimento do filho, para então ser recebida com riso ou um "não se preocupe, mamãe, ele deve estar fazendo o que os rapazes fazem, ele vai voltar". E ele estava com outros rapazes; eu me preocupava com Aids. O laço afetivo é uma coisa terrível, seja o amor da mãe pelo filho, seja o da mulher pelo marido; é uma condenação perpétua à ansiedade.

O telefone tocou. Corri para atender. Mas segurei a mão. Deixe que espere, deixe que pense que fui para a cama e dormia tranqüilamente quando ele se dignou a ligar. Não era Walter, mas Doris Dubois:

— É melhor vir aqui pegar seu Walter. Ele está deitado no chão, desmaiado de bêbado.

Fui de táxi, além das emoções, como um autômato, como quando o pior acontece. E ela falara a verdade, ele estava lá, nu. Ao seu lado, algumas fotografias polaróides de Doris Dubois, também nua.

— Leve-o embora — disse Doris Dubois. — É um tremendo incômodo.

— Vou contar tudo a Barley — disse eu.

— Contar o quê? — retrucou ela. — Sim o quê? Que Walter Wells estava pintando o retrato, ficou bêbado, perdeu o controle e Doris precisou ligar para a namorada pedindo que o fosse buscar?

— Essas fotos — tropecei nas palavras. — Devem significar alguma coisa.

— Ora, são de anos atrás — respondeu com um trinado na voz. — Há anos não uso o cabelo assim caído no rosto.

E ela me encarou com um sorriso sarcástico, por baixo de uma cortina de cabelos revoltos, desafiadora. Então levei Walter para casa. Ele foi cambalaente, trôpego, cheirando a vômito.

— Ela abriu a porta para mim e estava nua — disse ele na manhã seguinte. — Eu devia ter ido embora de imediato. Mas fui pego de surpresa. Não sinto nenhuma atração por ela, achei que estava fazendo papel de tola, por que ela não se veste? Ela disse que ia mandar uma equipe para a abertura da minha exposição em Nova York. Depois disso, não me lembro de muita coisa. Mas como pude ficar tão bêbado? Só bebi refrigerante de laranja.

Acreditei nele. Importa o que um homem faz se ele não sabe o que está fazendo, se, depois, não tem consciência do que aconteceu? Não posso propriamente considerar isso uma infidelidade. Ao menos do ponto de vista racional. Estou apenas chocada, simplesmente chocada, nada parece muito real, a não ser a lembrança de Doris Dubois rindo vitoriosa. Sou capaz de entender a atração do mal. A destruição é tão súbita, completa e eficaz que gente perde o fôlego e ri. O bem é gradual, lento, monótono e exige tempo. É possível fazer o amor ruir num piscar de olhos, ao avistarmos a imagem de uma fotografia polaróide. Preciso de tempo para reconstruir o amor, que os acontecimentos e o riso coloquem esse incidente na perspectiva adequada.

Walter voltou ao seu cavalete, rangendo dentes, estudando a inclinação do olho de Doris, a curva de sua boca adorável, popular, risonha. No que estará pensando? Nela? Está faltando uma parte da vida de Walter, apenas umas três horas, mas, assim como a memória de um computador, não há como apagá-la. É possível fazer com que não apareça na tela, é possível ficar sem rever determinada coisa, liberar memória, mas o conteúdo continua presente no disco rígido.

O que aconteceu naquela sala está gravado na fita que Harry Bountiful levou ao porteiro em Tavington Court, mas não vou ouvi-la. Não quero saber. Prefiro confiar em Harry. A fita que fique com o porteiro.

O dr. Jamie Doom — voltei a ver o dr. Doom — diz que Doris Dubois quer mais me destruir do que ficar com Barley. Sou eu que ela quer atingir. Sou eu, não Barley, o foco de suas atenções. Foi simplesmente azar meu estar no caminho de seu rolo compressor e ser esmagada. Ela é o tipo de mulher que sai por aí destruindo casamentos, já que não conseguiu destruir o dos pais. Ela é a filha que adora o pai, que deseja o pai e odeia a mãe. *Por que ela não morre?, pergunta-se a menina, para que eu possa cuidar dele, eu faria isso muito melhor que ela, eu poderia amá-lo mais e melhor, e o sentimento de culpa decorrente desse pensamento permanecerá para sempre com ela.* Doris está, portanto, fadada a repetir tal padrão indefinidamente. Assim que eu perder interesse por Barley, assim que eu renunciar a ele, ela também o fará. Ela já está perdendo o interesse, ou não estaria pensando em Walter.

Pobre Doris Dubois, diz o dr. Doom. Pobre rolo compressor. Pobre de mim, digo eu. Ele diz que é o destino de todas as mães a dificuldade em lidar com as filhas. Como posso saber? Só tenho um filho, e estou certa de que Carmichael, embora esse não seja um bom exemplo quando a situação complica, não fica correndo atrás da mulher dos outros para agredir Barley em razão de me amar demais, ele apenas se apaixona desesperadamente por homens que não o amam. Diante disso diria o dr. Doom: ele está só reproduzindo sua infância, tentando atrair a atenção do pai e assim por diante — então nem me dou ao trabalho de discutir isso com ele. Não é possível ganhar de um terapeuta. Consciente de seu dever para com o Judiciário, ele faz algumas perguntas para se certificar de que não tenho a intenção imediata de matar Doris Dubois e encerra a sessão.

Minhas fantasias andam à solta ultimamente. Lanço ao dr. Doom um olhar especulativo e me pergunto como ele seria na cama, que tipo de filhos me daria. Casei-me jovem demais com Barley e creio que nunca passei por esse estágio, então faço isso agora. Ou trata-se apenas de uma transferência positiva; todo mundo, diz ele, no começo se apaixona pelo terapeuta. Bem, sorte minha, então! "Apaixonar-se" significa para ele algo muito diferente do que significa para mim. Para ele, trata-se de alguma inclinação silenciosa, uma suave obsessão. Para mim, é um terremoto na vida. A transferência negativa — que, ao que parece, também é de esperar que aconteça — para ele é uma moderada aversão, uma palavra ácida; para mim, um assassinato por atropelamento.

O dr. Jamie Doom despreza a minha idéia de que estou rejuvenescendo a cada semana e de que, em razão disso, minhas emoções fluem de modo mais livre. Uma agradável ficção, diz ele; você sempre teve boa aparência, até mesmo nos momentos mais estressantes do fim do casamento. Isso soa tão sereno e passivo, algo que simplesmente acontece, como um bloco de gelo que se separa da geleira. *O fim do seu casamento*. Ninguém tem culpa, só o mau tempo ou coisa parecida. Mas alguém teve culpa, sim; e gostaria de conseguir triturá-la. E posso ainda conseguir.

29

10h15

Flora Upchurch telefonou para o escritório de Barley, que ficava em Upper Brook Street, a uma distância do Claridges que podia ser percorrida a pé, e Barley se dispôs a usar sua influência a fim de conseguir uma mesa para que os dois fossem almoçar no Ivy. Naquele dia, surpreendentemente, ele estava livre para o almoço. Fora a vez de *Sir* Ronald cancelar o encontro, mas Barley não viu nisso nada de sinistro. Essas convocações de Downing Street aconteciam de vez em quando e tinham que ser atendidas; o encontro fora remarcado para a semana seguinte, para quando os dois senhores encontrassem um espaço em suas agendas.

— O Ivy não é um tanto público? — perguntou Flora, deixando-o um pouco intrigado. O que ela quis dizer? Obviamente não havia nada entre ele e Flora. Ela era como a filha que ele e Grace deveriam ter tido. E Doris não se importaria. Era uma quarta-feira. O programa ia ao ar às quintas, de modo que as quartas eram dias em que ela ficava muito ocupada, não havia como ir junto. Estranho Flora, também trabalhando no programa, pudesse sair para almoçar, mas sem dúvida ela lhe contaria tudo diante da *Caesar salad* ou da torta de cebola caramelizada. Ele escolheria a torta, já que o almoço era com Flora, não com Doris. Depois, ele provavelmente escolheria bolinhos de peixe.

Barley ficou feliz por ter notícias de Flora. Às vezes era bom lembrar a vida calma do passado com Grace, dos dias em que Wild Oats ainda estava em pé e era uma casa de campo, onde havia uma cama familiar para dormir e, sob o cobertor, o corpo repousante de uma companheira vitalícia. Ele não fora invariavelmente infeliz com Grace, apenas entediado. Precisava de uma mulher com mais vitalidade, mais ativa, e encontrara isso em Doris. Quando estava com Grace, ele pudera, é claro, escapar de vez em quando para se energizar; agora que tinha Doris, ele não ousaria fazer isso, mas por que haveria de querer? Doris esgotava-lhe toda a energia sexual disponível e um pouco mais; ele chegava ao escritório bastante cansado e isso nem sempre era bom. De bom humor, sim, mas perdia indícios importantes, rumores que pairavam no ar. Talvez fosse o caso de fazer mais sexo à noite — de manhã, menos — a fim de manter-se em boa forma.

Logo chegaria o dia de seu aniversário. As pessoas têm a idade que sentem ter, e ele se sentia bastante jovem. Agradecia a Doris por isso. E ela não fazia estardalhaço a respeito dos aniversários, como fazia Grace, enfatizando e divulgando desnecessariamente a passagem dos anos. A idade era algo para guardar consigo mesmo.

Mesmo assim, ao ouvir a voz de Flora, ele se lembrou nitidamente da noite que todos passaram em claro a caçar fantasmas, na companhia de café e sanduíches. Uma lembrança súbita, feliz e dolorosa. A coxa macia de Grace pressionando a dele no escuro, seu riso sussurrante, uma súbita renovação do interesse sexual que o surpreendeu. Mas sem Flora como catalisadora isso não teria acontecido. Um casamento que precise de uma terceira pessoa por perto a lhe trazer vida não pode ser bom de modo algum. E, pouco depois, ele foi ao programa de Doris, os dois ficaram juntos, e assim foi. Flora comparecera ao casamento, estava bonita e alegre, e ele concluiu que ela aprovava a formalização da união, que tomara seu partido na questão do divórcio, não que fosse preciso tomar partido, ao menos até que Grace tivesse se recusado a comparecer às audiências perante o juiz — ou sido levada a julgamento, como veio a acontecer, por ter tentado esmagar a pobre Doris com o Jaguar, o que a deixara demasiado chocada e aborrecida. Doris não era tão durona quanto parecia. Grace sempre foi péssima motorista; nem sequer conseguiu dirigir bem o suficiente para lançar o carro para cima de Doris. Doris era calma, perfeita e segura ao volante. Ele adorava ir de carona, ela dirigindo. Precisava telefonar para a Bulgari e informar-se sobre o colar. Teria que mexer um pouco nas aplicações de dinheiro quando chegasse a hora; a parte que estava nas ilhas Cayman precisava ser liberada. Ele daria um jeito. Sempre conseguira dar. Bem, quase sempre.

Almoço com Flora, sem Grace. Barley nunca tivera que se preocupar com a possibilidade de Grace ser infiel. Simplesmente não era da natureza dela, Grace, embora, uma vez sozinha, fosse impressionante a rapidez com que passara a morar com outro. Isso o machucou um tanto. Poderia muito bem haver infidelidade na natureza impulsiva de Grace, pensava ele, mas ela era ocupada demais; quando ela acharia tempo para aventuras extraconjugais e por que haveria de querê-las? Não era ele, o grande Barley Salt, mais do que suficiente para preencher seu coração, mente e corpo? Graças a Deus o infeliz episódio da manhã anterior não a aborrecera, nem mesmo a ele. Assim como para uma boa noite de sono pode bastar a idéia de que os comprimidos para dormir se encontram no armário do banheiro, e podem ser tomados numa emergência, a simples receita de Viagra prescrita pelo médico, deixada num canto qualquer, dava-lhe confiança no desempenho sexual.

Torta de cebola e bolinhos de peixe. Ele também se serviria de batatas fritas com maionese. E vinho californiano. Ele sempre bebia vinhos franceses, até que Doris surgiu para inspirar-lhe confiança.

11h10
Um telefonema cordial de um funcionário do governo. Barley não precisava se preocupar, caso estivesse preocupa-

do. O projeto Opera Noughtie era muito bem-visto pelo governo e não haveria de ser descartado. Embora a preferência recaísse em ciência e o desarmamento em detrimento das artes, o que significava que o projeto Millenium Cleanup, de Billyboy Justice, estava em alta, era mais provável que o local escolhido fosse Gales em vez da Escócia. Corriam agora alguns comentários sobre a associação da operação levisita, em toda a Europa, ao atrasado projeto de despoluição de Sellafield, em Gales, além de a simples menção à palavra "nuclear" bastar para atiçar a ira da população local. A ópera podia provocar bocejos capazes de sacudir a ponte Firth of Forth, mas ao menos o canto lírico era seguro. Nunca foi bom para um governo do sul provocar os escoceses, que grunhiam de descontentamento mesmo quando tudo ia bem; ninguém queria criar uma situação explosiva.

A secretária de Barley telefonou para a Harrods e encomendou para seu contato no governo uma dúzia de garrafas de uísque bastante aceitável — como presente de Natal. Normalmente, Barley convidaria o sujeito para um fim de semana no campo, mas isso estava fora de questão no momento.

11h20
Uma mensagem da recepção. Poderia o chofer — Ross — falar-lhe um instante? Barley esperava que não fosse nenhum problema com Doris, que costumava implicar com Ross. Ela queria um motorista esbelto para levá-los aos lugares, ao que parecia. Não gostava da aparência de Ross, de seu

sotaque, de suas caspas, de sua barriga. Agora havia essa mania de pesá-lo todas as sextas-feiras, uma técnica de gerenciamento, suspeitava Barley. Designa-se uma tarefa plausível, mas quase impossível, aparentemente em benefício do empregado, e, quando ele não consegue cumpri-la, tem-se um argumento para demiti-lo por justa causa.

Doris queixava-se de que Ross tomara partido de Grace. Barley achava que Ross não dava a mínima importância a quem estivesse ao lado do patrão no banco traseiro do carro, embora ele às vezes transmitisse um certo antagonismo através das largas costas. Ross julgava que seu trabalho era apenas o de dirigir para Barley e era leal ao patrão. Tomara o partido de Barley. Mas Doris agora assumira o controle da criadagem, dizendo que Barley era muito tolerante, pagava salários altos demais, e os empregados simplesmente desprezavam os patrões por isso; ela já lhe custara uma secretária, três jardineiros e uma criada. Barley não queria demitir Ross. Ross conhecia cada atalho em Londres e sabia como se livrar dos problemas num momento de pressa; um motorista que também fosse guarda-costas vinha a calhar muito bem nos dias de hoje. Barley teria que conversar com Doris a esse respeito.

Ross entrou na sala e disse que estava pedindo demissão. Pesara-se no Health Club que a ex-sra. Salt lhe havia recomendado e, desde que Doris o forçara a fazer dieta, ele ganhara três quilos. Não, não havia nada de errado com as balanças, que eram do clube. Haviam-lhe oferecido um novo emprego, numa agência de detetives particulares. Barley convenceu-o a ficar até o final do ano. Ross, quase em lágrimas, concordou.

11h40

Doris telefonou.

— Só para dizer que amo você. Vamos ter um programa excelente hoje. Vi as imagens de Leadbetter. — Leadbetter estava cotado para ganhar o prêmio Turner com uma pintura *trompe-l'oeil*, em moldura de dejetos tratados e compactados, do tipo com que alimentam perus na França.

— E estão fantásticas. Deixaram que ele aparecesse de *drag*! Ele trabalha de salto alto Manolo Blahnik...

— Doris — Barley a interrompeu. — Estou com Ross aqui no escritório. Ele pediu demissão. Não quero que ele vá embora. Gosto dele.

— Ele está gordo demais — retrucou Doris. — Muito século XX. Merecemos coisa melhor.

— Estou negociando com os russos, Doris. Preciso de um guarda-costas. — Barley questionou se precisava mesmo. O projeto Opera Noughtie ia dar certo, mas não faria mal algum impressionar Doris com a importância do homem com quem ela vivia.

— Meu Deus — disse Doris. — Ross é tão lento que não conseguiria acertar uma vaca com uma Kalashnikov.

Barley se perguntou se ela se drogava. Não, não era possível. Ou era? Doris disse que nunca concordavam com ela.

— Combinamos que ele vai ficar até o final do ano — disse Barley. — Não quero mais que fique se pesando.

— Então, tudo bem — disse Doris, satisfeita. — Desde que ele vá embora no final do ano. Puxa, como estamos sérios hoje! Barley se esqueceu de contar-lhe que ia almoçar com Flora.

11h45 — 12h15
Telefonemas de vários contatos no mundo dos empreendimentos imobiliários, arquitetos, engenheiros, querendo contratos, oferecendo trabalho. Os negócios iam a todo vapor. Edifícios de escritórios e complexos de arte pipocando por toda a cidade, por todo o país. E pontes, mas, quanto menos se falasse a respeito, melhor. Graças a Deus, ele não tivera nada a ver com esse projeto. Esses períodos de intensa atividade econômica — dizia-se que coincidiam com as manchas solares — já se haviam caracterizado no prédio todo pelo ruído de urgência dos aparelhos de fax, mas agora havia um estranho silêncio: a comunicação se fazia por meio do silencioso e rápido e-mail através do espaço virtual. Vinte dessas mensagens aguardavam em seu computador — podiam esperar — e cerca de cinqüenta no da secretária.

Ele estaria mais feliz se já tivesse fincado no chão, seis meses antes, os alicerces da Opera Noughtie. Barley odiava esse estágio em que todas as demais verbas já estão alocadas e é preciso esperar pelo sinal verde dos correspondentes subsídios estatais. Ao menos neste país o governo mudava somente por meio de eleições, não de golpe de Estado.

Ele nunca tocara um projeto na África nem na Polinésia.

12h30

Um telefonema de Miranda, da recepção.

— Há uma jovem senhora aqui querendo falar com o senhor. Bem, não exatamente jovem. Não sei direito o que ela quer, mas diz que é pessoal.

— Estou de saída para almoçar no Ivy.

— Ela já está subindo de elevador. Desculpe, sr. Salt, não consegui detê-la. Ela deixou aqui uma sacola de compras.

— Tudo bem. Vou dar um jeito nela.

Ela se chamava Natasha. Barley achou-a razoavelmente jovem. Tinha seios erguidos, fartos, cintura fina, com cinto, pernas longas e esguias, belas sandálias de salto bem alto e volumosos cabelos ruivos encaracolados. Falava inglês mal e muito depressa. Assim que entrou na sala, começou a desabotoar a blusa branca rendada a fim de exibir partes do peito sardento. Barley ficou pasmo demais para conseguir pegar o telefone e pedir socorro. Ela disse que fora enviada por seu amigo sr. Makarov para ver se havia algo em que pudesse ajudá-lo. Ele estava livre na hora do almoço, ela sabia.

Makarov? Familiar, mas nem tanto. Não havia alguém com esse nome no leilão beneficente de *Lady* Juliet? Aquele do qual Grace saíra com o pintor? O homem que estava ao lado de Billyboy Justice? Uma flagrante armadilha de sedução. Outrora essas armadilhas se limitavam a hotéis de Moscou com volumosas câmeras da KGB presas aos lustres; agora haviam se transferido para Londres, e as câmeras e microfones eram tão minúsculos que cabiam no forro do sutiã e no elástico das calcinhas. Como ela sabia que seu compromisso para o almoço fora cancelado?

Barley a enxotou antes que ela conseguisse se despir ainda mais, mas a mulher deixou seu cartão, fazendo beicinho e mordendo o lábio carnudo.

12h45
Quando ele desceu para a recepção, Miranda soltava risinhos. Miranda era estagiária de um programa promovido pelo governo que visava oferecer emprego aos jovens. Isso significava que ela saía de graça para Barley, mas recebia uma espécie de subsídio do governo. Barley acabaria por contratá-la devidamente, pensava ele. Ela era alegre, engraçada, cheia de ânimo, mas tinha a pele manchada de espinhas, falava mal e escrevia errado. Pelo menos lavava a cabeça de vez em quando, o que era mais do que muitos dos candidatos a emprego faziam, e seu cabelo fluía seco e solto, não tinha o aspecto desagradável do cabelo sujo.

Os dois verificaram o conteúdo da sacola da Selfridges que Natasha havia deixado. Vinte calcinhas transparentes e vazadas, com manchas em vermelho e dourado e sutiã combinando; vinte de pele de leopardo; vinte cor-de-laranja com peixes azuis. Vinte tapa-sexos de couro.
— Ela ainda volta para pegar — disse Miranda. — Que nojo!
— Parecem boas — disse Barley. — Mas por que vinte?
— É uma invasão — disse Miranda. — Talvez as outras garotas estejam ocupadas demais para fazer compras. — Que

azar o nosso; nós, ingleses, temos que ficar sentados atrás da escrivaninha; de que outro modo ganhar a vida agora que estão aqui?

Barley concluiu que provavelmente não fora escolhido como alvo específico, que ouvira mal o nome Makorksy, que não havia nada de estranho no fato de a mulher saber que ele estava livre para o almoço, ou estaria acaso Flora não tivesse telefonado — muitos homens assim abordados teriam cancelado qualquer compromisso na mesma hora — e saiu tranqüilo para almoçar no Ivy. Estava bastante cansado, do ponto de vista moral, mental e físico.

30

— Grace — disse Walter à amada —, se você não me conhecesse, quantos anos diria que eu tenho?

— Mais ou menos quarenta — respondeu ela. — Mas adivinhar a idade não é algo que eu faça muito bem. — Era noite. As noites haviam se tornado mais longas. A chuva e o vento batiam na vidraça. Estavam aconchegados um no outro, e o que havia acontecido no apartamento de Doris agora os fazia rir, não chorar. Com que rapidez as mulheres esquecem, e os homens também. A vida que em determinado dia parece intolerável torna-se, noutro, bastante aceitável, ao menos quando se pode contar com o sexo como frente de combate.

Sem ele, os casais rapidamente se separam e retomam as respectivas identidades. A separação talvez represente um propósito mais nobre, mas a união, como diria são Paulo, era ao menos melhor do que abrasar-se.

O rosto de Doris no cavalete já estava quase concluído e parecia estranhamente fino no corpo robusto de *Lady Juliet*. Walter agora passava a se concentrar no estreitamento do busto. Ampliaria o fundo e esmaeceria um pouco os contornos; gostava da idéia de substituir as pinceladas brancas e azuis por um fundo todo azul. Lembrava-se, porém, embora não tivesse muita certeza, de ter ouvido Doris dizer que queria o retrato inalterado, a não ser em dois pontos significativos: a cabeça de *Lady Juliet* deveria tornar-se a dela, Doris, e que seu manequim não deveria parecer maior do que o tamanho 38, 36 se possível. Ele disse a Grace que se sentia na obrigação de atender ao pedido.

— Você tem sua integridade artística — protestou Grace.

— Tem que levar em conta sua reputação.

— Comprometi as duas coisas ao aceitar a encomenda — respondeu Walter. — Que pintor em sã consciência aceitaria um trabalho esdrúxulo como este?

— Goya — respondeu ela, espirituosamente, e isso o fez sentir-se melhor.

Quando um novo cliente bate à porta, é bom que os artistas manifestem seu entusiasmo, e há honra em tal costume. A integridade é aquela que se pode ter. Walter decidiu não se preocupar com isso. No mais, tudo estava indo bem. A Manhatt. dissera-lhe que uma produtora cinematográfica britânica entrara em contato, querendo filmar a mostra privativa e perguntando a respeito da disponibilidade de datas. Ele se perguntou que produtora seria essa; voltaria à galeria e se informaria a respeito.

— Vamos ficar ricos! — exclamou Grace. Em sua cabeça, o dinheiro dela era o dinheiro dele; e vice-versa. Se ele não fosse orgulhoso demais, poderiam ser muito felizes.

Mas a Manhatt., ele a preveniu, ficaria com cinqüenta por cento do valor na exposição, a Bloomsday iria querer sua parte, o agente ficaria com cinqüenta por cento, o imposto de renda ficaria com 25 por cento, se ele vendesse pouco, e quarenta por cento, se vendesse mais, de modo que, não, ele não ficaria rico. Só se ficava rico quando os quadros ultrapassavam a marca das dez mil libras. Mas ele poderia passar a ser respeitado. Ele queria respeito. Não gostava de apadrinhamento. Não gostava de ser jovem. Queria deixar de ser visto como *outsider* no novo cenário da arte e tornar-se um integrante efetivo da arte estabelecida, onde ele e seus quadros teriam uma posição bem mais confortável.

— Você já me parece bastante sério — observou Grace. — Desse jeito, pode passar por um homem de quarenta.

— Ótimo — respondeu ele. — Quarenta é ótimo. Mas não gostaria de ficar mais velho.

— E eu não quero ficar mais jovem — disse ela. — É muito perturbador.

— Mas não ficamos, não é mesmo? Está tudo nas nossas cabeças.

Ela pegou mais um fio de cabelo grisalho da cabeça de Walter. Ele franziu ainda mais o cenho. O ciclo menstrual de Grace havia começado. De vez em quando ela apertava o ventre e tomava uma aspirina. Achando que estava grávida?

— Claro que está tudo em nossas cabeças.

Doris — embora com a cabeça ainda um pouco desajeitada em relação ao corpo; Walter teria que acertar isso — sorria simpaticamente para eles, assim como já o fizera *Lady* Juliet. Grace o convencera a pintá-la do modo mais agradável possível, levando em conta como ela havia nascido, não o que havia se tornado; levando em conta o que ela teria sido, de acordo com o dr. Jamie Doom, se não tivesse um dia se apaixonado pelo pai e aprendido a odiar a mãe e, depois disso, todas as esposas. Fora difícil persuadir Walter, mas Grace conseguira.

— Viemos a este mundo para filtrar o mal — disse-lhe Grace com seriedade. — Devemos nos ver como garimpeiros do bem e encontrar o melhor em tudo, até em Doris.

Ela até o fez parar de adicionar à tinta óleo de linhaça fervido para que os cabelos de Doris ficassem negros dali a cem anos. Ao menos ele agora tinha terebintina de boa qualidade, não o substitutivo barato usado nas camadas subjacentes. Mas haveria algo de diferente nesse novo lote de tinta que Walter comprara? De vez em quando, de manhã, quando eles se levantavam, via-se que a tinta nova não aderira adequadamente à base, deslizara um pouco, até mesmo rachara, de modo a puxar para baixo o contorno da boca de Doris, ou inclinar-lhe os olhos, tornando-a não tão simpática. O efeito era bem diverso da tentativa anterior de retratá-la de modo alegre com o uso de acrílicos e verniz, versão agora recoberta: tinha uma característica nova, perturbadora, ligeiramente feia.

Walter telefonou aos fabricantes, que insistiram em afirmar que ninguém mais se queixara e o produto não era defeituoso; sugeriram arrogantemente que a tela talvez não tivesse sido preparada de modo adequado. Ele, então, apenas corrigiu o dano na esperança de que o verniz a ser aplicado ao fim do trabalho houvesse de resolver o problema e manter sem alterações o rosto de Doris.

Grace confessou a Walter que mandara Harry Bountiful gravar seu encontro com Doris Dubois. Ele ficou zangado, de início, e tinha todo o direito de ficar. Depois, riu-se e disse que, quando tomassem coragem, iriam juntos a Tavington Court ouvir o que havia na fita; assim ele poderia reconstituir aquelas horas perdidas.

31

Flora estava pálida, mas muito bonita e um tanto zangada. Chegou ao Ivy sem casaco, usando uma pequena saia florida, um suéter leve e um colar de pérolas. Tremeu um pouco de frio diante da *Caesar salad*, mas logo se aqueceu, corando um pouco o rosto, já animada. Sabia tanto a respeito de coisas obscuras relacionadas a história, cultura e arte que costumava deixar Barley perplexo. Mas ele estava aprendendo, graças a Doris.

Ao longo dos quatro meses transcorridos entre o momento em que Doris a mandara fazer a pesquisa para o programa de que Barley participou e a efetiva gravação do programa, ele se dera conta de como era inoportuno, sem cultura e ignorante. Se o assunto fosse Brunelleschi, os Van Eyck, o mecenato dos Medici, Barley se via perdido sem saber de quem se tratava, nem mesmo de que século. Grace tampouco tinha muita noção, mas sabia um pouco mais que Barley, e isso também o desconcertava. Quem era Savonarola? Algum tipo de salame, pensava ele. Mas não. Um sujeito religioso de outros tempos. Flora sabia, Doris sabia. Grace fazia uma idéia, mas se enganava: pensava que fosse uma espécie de filósofo marxista. Barley fazia papel de tolo.

Um dos motivos por que se casara com Doris, ele não negava, era para se livrar do sentimento de não estar à altura dos arquitetos, dos políticos, dos planejadores com quem tratava diariamente e que haviam freqüentado, todos, a universidade, muitos deles Oxford ou Cambridge. É certo que Barley tinha talento para ganhar dinheiro, mais do que a maioria deles, mas essas pessoas misteriosamente obtinham mais respeito no mundo, e ele queria uma parte disso.
Não estava preparado para ouvir Doris ser criticada — afinal de contas, ela era sua mulher —, e Flora não a poupou de sua manifesta raiva. Ela lhe disse diante das torradas que Doris a demitira e que agora estava desempregada.

— Demitir os outros é algo que ela sabe fazer muito bem — disse Barley cautelosamente. — É seu ponto forte. Fez isso até com Grace — e riu um pouco. Perguntou a Flora qual teria sido o motivo, devia haver algum motivo. Flora devia ter feito algo errado. Ross se recusara a perder peso; se tivesse alguma autodisciplina, teria perdido pelo menos meio quilo. Que motivo seria esse?

— Usei um vestido branco no seu casamento e minhas pernas são mais bonitas que as dela — respondeu Flora sem hesitação. — Apareci mais que a noiva.

Barley automaticamente olhou para baixo para ver se eram mesmo — ela encantadoramente as passara ao redor da perna da cadeira. E era verdade: as pernas de Flora eram flexíveis, bem torneadas, e talvez tivessem um pouco mais de carne nas panturrilhas do que as de Doris, que eram bem longas, mas um pouco finas demais para serem perfeitas. E Flora tinha joelhos adoráveis.

— Ora, o que é isso? — disse Barley. — Bobagem!

— Além disso, você se demorou um pouco olhando para mim — acrescentou Flora. — E ela percebeu.

— Você estava tão bonita — disse Barley, desconcertado.

— Mas por que só agora? Se você tem razão e o motivo for mesmo este, por que ela esperou tanto tempo para atacar?

— Porque acha que só agora encontrou alguém para me substituir — respondeu Flora. — Mas não encontrou. Jasmine Orbachle. Fiz faculdade de belas-artes com ela. Está trabalhando na Bulgari, mas antes disso pesquisava jóias antigas. Eu a preveni, e ela não vai deixar o emprego, o que significa que Doris não tem ninguém para pôr no meu lugar.

— Puxa vida! — disse Barley. Difícil saber de que lado ele estava. — Isso é mau.

— Mau mesmo — rebateu Flora —, porque há essa questão sobre Leadbetter. O programa está promovendo Leabetter para que ele ganhe o prêmio Turner, e ele simplesmente não vai ganhar. O público se enjoou dessa coisa de cultura lixo. Os críticos irão atrás como carneirinhos. Vai haver uma transformação sísmica, e Doris terá três programas inteiros gravados sobre essa arte nojenta.

— O programa pode errar às vezes — disse Barley. — Mas geralmente acerta. É famoso por causa disso.

— Por minha causa — retrucou Flora. — Não por causa de Doris. Doris é boa para saber quem é quem no mundo da arte, mas não sabe a diferença entre um bom quadro e um cartaz de traseira de ônibus. É terrivelmente insegura.

Barley ficou boquiaberto. O garçom perguntou se estava tudo bem. Barley respondeu que sim.

— Ela está no meio da fogueira — disse Flora. — É comum se fazer muitos inimigos. Ela não é a única à espera de uma desculpa para demitir as pessoas. A questão é que ela precisa de mim, e gostaria que você lhe dissesse isso. Para o bem dela, porque é possível que gostem de Doris, embora ela seja um monstro.

Barley respondeu que sabia disso. Flora comentou que era estranho o motivo de gostarmos das pessoas; raramente é pelo fato de serem boas. A não ser algumas como Grace. Ela havia lamentado muito o fim do casamento e fora visitá-la na cadeia, mas Grace não a recebeu.

— Ela deixou de receber muita gente — disse Barley.

— Rezo por ela — disse Flora.

— Não precisa — retrucou Barley. — Ela deve estar muito feliz.

Ele gostaria que Flora rezasse por ele também, mas achou embaraçoso demais dizer isso. Teve vontade de chorar, o que não era algo que adultos costumassem fazer no Ivy. Numa mesa próxima, encontravam-se quatro novos pares do reino, do mundo das artes, arquitetura, ópera e televisão educativa. Bebiam champanhe rosado — uma garrafa *magnum* — e pareciam bem felizes. Barley pensou que talvez não estivessem assim se os rumores a respeito da recente prioridade da ciência fossem verdadeiros. Acenaram alegremente para Barley, que encontrara todos eles em muitas reuniões a respeito do projeto Opera Noughtie. Ele retribuiu simpaticamente o aceno. Certamente deviam achar que Flora era sua amante. Tanto pior. As mulheres com quem os lordes estavam não costumavam gastar muito tempo cuidando da aparência. Usavam vestidos longos, lisos, sem atrativos, mais ou menos como fariam nos anos 1960. A minissaia havia simplesmente passado por elas enquanto pensavam em coisas mais importantes. Poucas mulheres souberam usá-la. Grace sentia-se à vontade em roupas que cairiam muito bem num jardim paroquial nos anos 1950. Doris era o que quer que a revista *Tatler* dissesse ser adequado. O rosto de Flora remetia ao tempo dos Medici, tão distante, tão pálido, mas suas roupas e seu estilo eram de uma descontraída atualidade. E ela tinha pulsos finos.

32

Ethel Handy tem 39 anos, ao menos é o que ela diz. Rosto pequeno, bonito, cabelos pretos e curtos. Parece competente e é boa em números. Usa blusas alinhadas e saias bem ajustadas ao corpo. Desviou oitenta mil libras dos patrões, um grupo de agenciadores de apostas, e pegou três anos de cadeia quando descoberta. Estava tentando pagar a hipoteca e também a um homem que a chantageava com umas fotografias grotescas tiradas quando ela tinha 16 anos; o homem ameaçava mostrá-las aos pais de Ethel, um casal já de idade. Ele era o fotógrafo. Ethel achava que os patrões exploravam o público e ela própria. Pensava que, se lhe desse o que era pedido, o homem iria embora, mas não foi. Ele foi à polícia denunciá-la por fraude e fugiu com sua melhor amiga e o dinheiro. A hipoteca foi executada. Ethel foi sentenciada a três anos de prisão. As autoridades carcerárias foram mais generosas do que o juiz e concederam-lhe o máximo possível de privilégios.

Quando estive presa, Ethel foi uma boa amiga. Ela me defendia das outras mulheres. Grace não tem culpa de falar do jeito que fala, ela lhes dizia. É filha de médico. Não consegue não chorar. Amava o marido, e ele a descartou. Sim, é aquela que saiu nos jornais por ter tentado matar a amante do marido. Não, ela não toma drogas. Não tem culpa de Sandy (uma das carcereiras) sentir atração por ela. Também não gosta de ser bolinada. Não fica cuspindo e rosnando como vocês, animais. Não, Grace, se for cozido de carne, não coma, uma vez acharam um olho de carneiro dentro, coma só os legumes. Não, ela não vai pedir a quem vem visitá-la que leve nenhuma carta para fora da prisão. As visitas dela são revistadas como quaisquer outras.

Devo muito a Ethel.

Ethel me protegeu e respondeu por mim até que consegui me recompor e parei de chorar, o que aconteceu quando, seguindo seu conselho, parei de tomar tranqüilizantes. Às vezes ficávamos trancadas em nossas celas 17, 18 horas por dia. Aprendi que o jeito era pensar em termos de "nós", não "eu"; as autoridades eram "eles". A tentativa de ver a si mesmo como alguém à parte, uma vítima das circunstâncias, inocente e sensível, não fazia sentido. Estive durante umas poucas semanas entre assassinas e molestadoras, a barra pesada, mas acabaram concluindo que eu era inofensiva, me mudaram de ala e puseram com as transgressoras leves, aquelas que haviam passado pelas cortes de magistrados, não pela Corte Suprema: as quarentonas presas por brigas e adolescentes de 17 anos condenadas por roubar batom nas lojas: muitas ali estavam por causa de drogas; havia também uma de 17 anos com um bebê de um mês, agora sob custódia, condenada a três meses por ter roubado um pacote de salgadinhos sabor coquetel de camarão. "*O juiz tinha implicado comigo. Estive com ele uma vez no banco de trás de um carro, aquele escroto.*" Podíamos ver televisão, tive a oportunidade de conhecer bem Richard e Judy. Podíamos comparecer a aulas de culinária e aprender a cuidar de crianças: todos davam o melhor de si, mas a instituição como um todo é sempre pior do que qualquer uma de suas partes. O lugar cheirava a urina e desinfetante e nunca se fazia silêncio; até mesmo às três da manhã o ambiente podia, de repente, estremecer com gritos, guinchos, urros de animal, nascidos da raiva e do desespero. Havia um carcereiro, odiado por todas, que costumava nos despir ao acaso para fazer revista. Tinha um rosto carnudo, olhos de porco, postura frouxa e nos olhava com desprezo e desejo.

— Imagine-o sem roupa — dizia Ethel, o que me fazia rir. Devo mesmo muito a Ethel.

Mas... Quando Walter e eu fomos a Tavington Court e perguntamos ao sr. Zeigler da fita que Harry Bountiful gravara do encontro de Walter com Doris, ele disse que a tinha dado a Ethel para que ela me entregasse. E não havia sinal de Ethel no apartamento, nem fora dele, e sua mala não estava lá.

Walter disse com tristeza que achava que Ethel a usaria para chantagear. Eu havia contado superficialmente a Ethel a história de Walter, *Lady* Juliet, do retrato e do colar Bulgari, objetos de desejo de Doris. Ela vira o retrato no cavalete. E certamente conhecia a história de Barley e Doris Dubois do tempo em que estivemos na prisão; havia poucos outros assuntos de que eu pudesse falar. Ela me havia dito que a cura para a perda de um homem é um outro homem, e tinha razão. Podia ser fraudadora e trapaceira, pária da sociedade, mas era sábia e, pensava eu, também boa.

— Ela não vai fazer isso comigo — disse eu. — Ethel, não. Ela é minha amiga.

— Ela pode fazer — retrucou Walter. — Conheço a vida, sei do que as pessas são capazes. Se rezam para não cair em tentação, é porque a tentação é algo a que não conseguem resistir, meu pai me dizia.

— Ah, Walter, você parece tão velho — disse eu. — Assim como seu pai.

— E você parece tão jovem e tão cheia de esperança — respondeu ele, um tanto secamente.

E eu pude ver que, se as coisas continuassem assim, eu o perderia. Ele precisava que eu fosse conhecedora da vida e do mundo.

33

— Doris, ouça — disse Barley durante o café-da-manhã, no Claridges. Ele fizera questão de pedir *bacon* e ovos com pão na chapa, lingüiça e tomates. Doris ficou horrorizada, mas Barley disse que teria um dia difícil pela frente. A refeição chegara não numa bandeja grande, mas num carrinho que fora empurrado para dentro do quarto, e fora servida por garçons. — Você vai mesmo insistir nessa história de Leadbetter? Tenho motivos para crer que ele não vai ganhar o prêmio Turner. Eu e você podemos nos dar ao luxo de cometer uns poucos erros, mas não muitos. Não se empolgue muito com ele.

Doris o observou por debaixo da franja de cabelos revoltos. Havia algum tempo que não o cortava.

— Barley — disse ela —, você aprendeu uma ou duas coisas a respeito de arte desde que estamos juntos, mas não o suficiente para saber isso. Com quem andou conversando?

Pode ser a vaca da *Lady* Juliet, que me odeia; pode ser sua ex-mulher, Grace, que se juntou com o ganhador do ano que vem, Walter Wells. Ou então Flora Upchurch.

— Com nenhuma dessas pessoas — respondeu ele, mas não dava muito certo mentir para Doris. Ele mentira para Grace impunemente, e, embora ela sempre soubesse que mentia, costumava estar preparada para aceitar seu argumento, bem como o fato de que a mentira faria menos mal que a verdade. Grace podia tolerar o que Doris não tolerava, tolerar a idéia de que todos nos movemos num mundo repleto de soluções imperfeitas, de opções menos piores.

Doris bocejou languidamente e disse:

— Querido, sei perfeitamente que você almoçou com Flora no Ivy e que achou melhor não me contar.

Em vez de ficar zangada, e mal esperando que o último funcionário do hotel saísse do quarto, ela arrastou Barley para a cama e foi tão entusiástica e súbita fazendo amor que ele não teve tempo para ficar apreensivo, poder pensar e preocupar-se, satisfazendo-a claramente, e para o grande alívio dele, Barley.

— Como soube? — perguntou ele.

— Ninguém vai ao Ivy para ficar incógnito — respondeu ela. — As pessoas vão lá para serem vistas.

— Flora só queria me avisar sobre Leadbetter — disse Barley.

— Não — retrucou Doris. — Não por causa disso. Ela quer o emprego de volta. Pois bem, que tenha.

Depois, ela quis ir à Bulgari apressar a confecção do colar, mas Barley, animado pela refeição rica em proteínas e gorduras, disse que não tinha tempo, acrescentando, como reflexão tardia, que ela não devia ir lá, pois deixaria Jasmine Orbachle numa situação embaraçosa.

— E se eu fizer isso? — perguntou ela, estreitando o olhar.

— Tudo bem — respondeu Barley, prudentemente, pensando que já tinha enfrentado muita coisa para um dia só, e tinha mesmo.

Doris foi diretamente ao estúdio, em vez de passar a manhã ao telefone e fazendo compras, o que a deixou de mau humor. Quando chegou à recepção, havia duas visitas à sua espera. Uma mulher simples, de pele manchada, que obviamente não tinha nada a ver com arte nem com a mídia, e um homem estrangeiro, um tanto charmoso, com um casaco de pele de camelo e gravata com alfinete de ouro na forma de um Concorde. Apresentaram-se como Ethel e Hashim, dizendo que gostariam de ter uma palavra em particular com Doris. Doris respondeu que estava muito, muito ocupada, e que talvez eles pudessem marcar um horário. Eles disseram que não, que era interesse dela falar com eles naquele momento. Os dois usavam crachás da recepção, de modo que Doris concluiu que deviam ao menos ter alguma licença para transitar livremente. Ela os levou para dentro e para o estúdio de gravação. Ela já havia descoberto que quando se fala com oficiais de justiça no estúdio — seu hábito de gastar muito já a levara a passar alguma dificuldade financeira —, sob aquele teto alto, escuro, com pontes de guindaste rolantes, luzes quentes, fortes, artificiais, mais abaixo, feixes de cabos elétricos atravessando a confusão do estúdio antes de torná-lo um encanto para os olhos: a mesa brilhante, de uma limpeza não natural, as poltronas confortáveis, a sensação de que todo mundo está olhando, tudo isso os fazia perder o rumo e, muitas vezes os deixava a tropeçar de um lado para outro, em busca da realidade e da sanidade mental, acabando por deixar Doris em paz.

Ela tinha o pressentimento de que aqueles dois traziam encrenca, embora não soubesse exatamente o quê. Talvez algo relacionado a Wild Oats. O arquiteto e o decorador queixavam-se do prazo fixado em 12 de dezembro, agora a apenas duas semanas, e ela mandara o advogado escrever-lhes cartas incisivas, explicando-lhes claramente que, de acordo com o contrato, — claro que em letras pequenas, mas que deviam ter lido, não? Ela sempre lia —, se não concluíssem o trabalho em tempo, não receberiam dela mais dinheiro algum e seriam obrigados a considerar o restante como já tendo sido pago. E também, de acordo com o contrato, se trouxessem novos trabalhadores, eles seriam obrigados a pagar do próprio bolso esse adicional; então, o melhor que tinham a fazer era pressionar a Belgradia Builders a entregar o serviço pronto na data certa.

Barley faria sessenta anos em 12 de dezembro, ela amava Barley e lhe daria um aniversário digno de ser lembrado.

Seu horóscopo do *Daily Mail* aconselhava-a, no entanto, que evitasse qualquer atitude extrema em defesa de sua justa causa, dizendo que a luva de pelica era sempre melhor do que o punho de aço, e, embora Doris não pensasse assim, acreditava razoavelmente no astrólogo do *Mail*; portanto, agiria com prudência. Estava dando pulos de raiva pelo fato de Jasmine a ter dispensado, tinha certeza de que Flora tinha algo a ver com isso; e estava absolutamente enfurecida por Barley ter levado Flora ao Ivy às escondidas, mas tratara desse caso com uma boa luva de pelica.

Não tratara? O *Mail* podia se orgulhar dela. Trataria com luva de pelica aqueles dois também. Pessoas assim, saídas do nada, acontecimentos que nos surpreendem, costumam ser enviadas pelo destino, pensava ela, para o bem ou para o mal. O pessoal da Bulgari contrariara seu desejo, o que certamente a surpreendera, mas isso acabou levando-a a conhecer Walter Wells e a elaborar uma vingança contra *Lady* Juliet. Quando não se obtém um resultado de determinado modo, obtém-se de outro. Precisava confirmar com a galeria Manhatt. que estariam lá para gravar na semana anterior ao Natal. Ela mantinha suas promessas. Na primavera seguinte, Walter Wells já seria famoso e estaria apaixonado por ela, Doris, assim como Barley sempre estivera. Iria ver o resultado do projeto Opera Noughtie antes de decidir manter ou não Barley como marido. Nos dias de hoje, ter casos amorosos não é algo bem-visto; esta é a época da abertura, os segredos não estão com nada. É possível ter uma vida sexual legitimada, e também variedade no sexo, desde que se pague aos advogados.

— Este é Hashim — disse a mulher que se apresentou com o nome de Ethel. Ela parecia vagamente familiar. — É membro da família real da Jordânia, descendente dos hashemitas, de onde vem a palavra "assassino".

— Muito interessante — disse Doris, com descontração. Será que ele tinha uma faca, um revólver? — Já fiz um programa sobre os tesouros artísticos da Jordânia, magníficos! O que desejam?

— Gostaríamos que ouvisse esta fita — disse Ethel. — Espero que com esse equipamento todo você tenha como ouvi-la. É uma conversa entre você e Walter Wells, bem, mais ou menos isso, você conduzindo a situação. Não creio que queira que seus chefes a ouçam. Nem seu simpático novo marido.

— Entendo — disse Doris, pensando rápido. Seu apartamento estava grampeado. Por quê? Como? Quem? Isso era rotineiro com novos âncoras de noticiários e correspondentes políticos, ninguém dava muita importância, mas os apresentadores de programas de arte não costumavam atrair tanta atenção. Devia ser algo particular.

Grace? Possivelmente. Bem, os bisbilhoteiros não ouvem coisas agradáveis a seu respeito. E no mínimo ela arranjou alguém para espionar.

— Quanto querem pela fita?

Não havia motivo para rodeios. Em todo caso, provavelmente era Barley quem pagaria. Na pior das hipóteses, ela o acusaria de estar interessado em Flora e, por isso, teria sido levada, em desespero, aos braços de outro. Na verdade, ela odiaria que isso estivesse mesmo acontecendo, odiaria. Talvez amasse Barley, só um pouco. Era estranho como essas coisas se esgueiravam na vida da gente. Ela poderia fazer muito mais por Barley do que Grace jamais fora capaz. Por que Grace simplesmente não aceitava isso?

*

Hashim mexeu-se na poltrona, aquela desenhada para que o convidado se sentisse impotente, e o alfinete de gravata dourado em forma de Concorde captou luz e emitiu um brilho. Se ele fosse um convidado, teriam pedido que o retirasse antes do programa. Mas não era um convidado, era um chantagista. Às vezes era um pouco difícil lembrar o que era a vida real e o que era o estúdio, e, quando uma coisa se intrometia na outra, a gente podia ficar um tantinho desorientada. Ele suava um pouco, seus olhos escuros eram impenetráveis. Doris esperava que ele fosse emocionalmente estável.

Ethel era mais sensível: ficou sentada na ponta da poltrona, pronta para levantar-se a qualquer instante, e não afundou no assento como ele. Vá confiar. Doris não pensava que eles teriam passado pela segurança caso tivessem revólveres ou facas; o detector de metais teria sido acionado, mas as pessoas eram um pouco lerdas lá embaixo, e quem haveria de deter um homem com um alfinete de ouro em forma de Concorde se ele tivesse contornado o detector, em vez de passar por ele? Os ricos passam pela segurança com mais facilidade que os pobres. E Ethel poderia facilmente passar por alguém da contabilidade e entrar sem problemas. Talvez ela fosse mesmo da contabilidade, o que poderia explicar o fato de parecer familiar e ter passado pela revista. Já Doris não confiaria nela mais do que gostaria de lançá-la fora — não lançaria muito longe, porque era um bom manequim 42. Ethel devia ser, pensou Doris, aquele tipo de ratazana que foge com dinheiro do Fundo Social de Aposentadoria para passar abomináveis férias nas Bahamas, tal a estatura de suas aspirações.

Ah-hah! Ethel Handy, é claro que ela lhe parecia familiar. Em todos os jornais alguns anos antes. Fora manchete por causa do que o juiz dissera; Lord Longue, o mesmo que julgara Grace por ter tentado matá-la: "*Por mais que eu tenha pena da senhora, a mulher deve hoje em dia ser capaz de resistir à chantagem. Não há por que se envergonhar da nudez. Isso é motivo de orgulho.*" Bem, não para quem tem manequim 42 ou ainda maior. O fato dera um prato cheio aos articulistas do dia. O que havia para esconder? Que um bom dinheiro teria sido pago para isso?

— Não queremos dinheiro — disse a fraudadora sentenciada. Ela tinha olhos pequenos e estreitava as pálpebras para enxergar, a coitada. — Só queremos que você deixe Walter Wells em paz. Se fizer mais alguma coisa para aborrecer Grace, vamos colocar a fita na Internet e mandar cópias para os jornais. Vão adorar. — Doris esticou o braço para agarrar a fita. Não conseguiu se controlar.

— Pode pegar — disse Ethel. — Temos várias cópias em casa. Aliás, gostaríamos que ficasse com esta. O que havia no refrigerante de laranja? Rohypnol?

— O que foi que o juiz Tobias Longue disse? — perguntou Doris, novamente no controle de si própria, e inclinando-se para trás, na cadeira, mãos entrelaçadas na nuca, como se não temesse ataque algum. A linguagem corporal era importante. — "A mulher deve hoje em dia resistir à chanta-

gem?" Ele tinha razão. Deve mesmo. E eu vou resistir. Faça o pior. Divulgue a fita e dane-se.
Ela se regozijou ao ver Ethel mortificada.
— Como se diz... — acrescentou Doris, bocejando ostensivamente. O ataque é a melhor defesa. — A condenação à cadeia não acaba quando os portões se abrem. Pobre Ethel.
— Ela sorriu para Hashim. — Sabia que sua amiga é ex-presidiária? Que pegou quatro anos por causa de uma fraude daquelas bem grosseiras? Espero que seu alfinete não seja ouro de verdade porque ela só está atrás de uma coisa. Dinheiro. Tome cuidado. Ela é um monstro.

Agora os dois se olhavam como que procurando escapar, assustados, cegos com as luzes que de repente, em modo de emergência, iluminaram cada canto do estúdio. O alarme soava lá fora no corredor. Um tremendo barulho. Doris esperava que nada estivesse sendo transmitido ao vivo nos outros compartimentos do estúdio; nenhum dispositivo à prova de som seria eficaz. Gritos de homens vinham de fora.

Hashim levantou-se num salto e puxou Ethel para que ela o seguisse; tomaram o rumo da saída de emergência, atrás das cortinas de veludo que emolduravam o estúdio, abaixaram ruidosamente a velha barra de metal da porta e, com um rangido, fecharam-na atrás de si. Ele é rápido na corrida, pensou Doris. Os membros da família real da Jordânia não correm desse jeito. Só criminosos e condenados.
— Eles foram por ali — disse ela, apontando para a saída que Hashim e Ethel não haviam escolhido. Não sabia por quê, de repente se solidarizara com eles.

34

Carmichael perguntou ao sr. Zeigler onde poderia encontrar sua mãe. O sr. Zeigler soprou, bufou e disse que havia uma mulher de sobrenome McNab no apartamento 32, no terceiro andar, mas ninguém que pudesse ser mãe de Carmichael.

— Deve ser sua irmã, eu acho — disse ele. — Está lá agora com seu companheiro, mas aviso que não vão gostar de ser incomodados. Todo esse entra-e-sai, há mais homens entrando naquele apartamento do que saindo de lá. Gente deixando pacotes, Deus sabe com o quê dentro, drogas, pornografia infantil? Há gente que morre assassinada por menos. Houve um esfaqueamento na esquina um dia desses.

— Talvez ainda esteja usando o nome de casada — disse Carmichael. — Embora tenha escrito para mim dizendo que não. Grace Salt?

— Essa é a mulher que cometeu o assassinato — disse o sr. Zeigler. — Li nos jornais. Os proprietários não permitiriam isso. Veja bem, hoje em dia acontece de tudo. E sou só eu aqui na linha de frente, ninguém pensa nisso. Fico aqui diante da porta o dia todo. Qualquer maluco pode entrar vindo da rua. Não! Não há ninguém aqui de sobrenome Salt.

— Vou tentar o apartamento 32 — disse Carmichael, que deu um tapinha na mão trêmula do velho e foi recompensado com um sorriso límpido, ansioso, que ele ignorou.

Não lhe ocorrera que a mãe pudesse não estar lá. Ele deveria ter telefonado para avisar que viria. Mas gostava do *imprévu*, de ser impetuoso, e não queria estragar a surpresa. Estar frente a frente com ela era muito mais fácil. Deveria ter vindo para o julgamento, mas não queria que seu nome aparecesse nos jornais. Deveria ter ido visitá-la na prisão, claro que deveria, mas seu terapeuta lhe dissera que cortasse as amarras, você está num mundo novo, tem uma vida nova, todo mundo merece conseguir recomeçar. Além disso, nessa altura do tratamento, não se deve perder as sessões agendadas. Somente quando o tratamento se encaminhou para a sugestão de que sua homossexualidade era mais uma encenação, uma rebeldia em relação ao pai, do que uma condição inata do ser, e ele se deu conta de que o sujeito era a) homofóbico e b) apaixonado por ele, que Carmichael se libertou e passou a seguir seu próprio raciocínio.

Ele agora estava com Toby, um cenógrafo de teatro, mas Toby estava na Nova Zelândia encenando um grandioso espetáculo para um arquiteto de Berlim, que pretendia enrolar o monte Cook, um vulcão desmoronado, com trançados de linho Maori, ou algo parecido, em meio à encenação do Último Combate de Riwi ao pé do monte. Carmichael então sentira falta de Londres e pegara um avião para viajar um pouco. Só umas duas semanas. Achava que Toby poderia permanecer fiel durante esse tempo, mas Carmichael não arriscaria um período mais longo. Em todo caso, estava um tanto atordoado com a defasagem de fusos horários para se preocupar ainda mais.

Carmichael bateu à porta do apartamento 32. Bateu novamente. Não ouviu movimentação alguma lá dentro. Desistiu de bater e tocou a campainha. Um bom toque ecoou à moda antiga. Ele sempre relutava em apertar campainhas receando ouvir sinos, o que lhe mexia terrivelmente com os nervos. Em alguns aspectos, era como o pai, que preferia coisas simples, sensatas, diretas. Só Deus sabia como Barley fora se enroscar com Doris Dubois. As outras amantes haviam sido do clássico tipo mulheres malvadas, que sofriam de solidão nos natais e feriados e, por fim, acabavam exigindo casamento, fazendo com que Barley as dispensasse imediatamente. Ou então elas se cansavam e partiam em busca de perspectivas melhores. Três namoradas rivais haviam sido descartadas assim depois que Carmichael obtivera notas máximas.

— Não antes que o menino passe nos exames — Barley costumava dizer-lhes. — Não posso correr o risco de aborrecê-lo.
— Antes das notas máximas, haviam sido os exames de co-

légio. Para as que apareceram mais tarde, o argumento fora o diploma universitário, depois o mestrado na Escola de Bordado de Londres. Doris Dubois conseguira aquilo que as outras não haviam conseguido. Talvez apenas porque Carmichael tivesse ido para a Austrália, impedindo a possibilidade de outras desculpas para o adiamento. O novo casamento de Barley era, de algum modo, culpa de Carmichael. Se ele pudesse ter permanecido eternamente menino!

Fora Wentworth, irmão mais velho de Clive, seu colega de escola, quem grampeara o telefone do escritório de Barley, proporcionando aos rapazes algumas horas de prazer inocente. O grampo fora programado para captar apenas vozes femininas em determinada freqüência sonora. Se Barley fosse gay, como observara Clive, teria sido poupado da intrusão. Wentworth era um *nerd* de computador e agora fazia parte de vários órgãos reguladores da Internet. Clive trabalhava com desenho industrial.

Quem abriu a porta foi uma mulher jovem, recém-saída da cama, descalça, cabelos em desordem, vestindo uma camisa preta, bem lavada, de homem. A cor estava mais ou menos em bom estado, mas o tecido, gasto.
— Desculpe incomodá-la — disse Carmichael. — Estou procurando Grace McNab. Ela me deu esse número. Deve ter se enganado.
— Carmichael, querido! — exclamou a jovem, abraçando-o.
— Mamãe! — estranhou Carmichael, agora a reconhecendo. Em todo caso, havia uma fotografia dele, Carmichael,

aos três anos de idade, na praia com uma mulher muito parecida com a que via diante de si.

Ela o arrastou para dentro do apartamento dizendo que ele devia ter avisado, que ela poderia não estar, era raro estar lá ultimamente, e o sr. Zeigler parecia não mais se lembrar direito das coisas, só fazia o que era mais fácil, isso é o que acontecia quando as pessoas ficavam velhas, ela supunha.
— Fez alguma plástica, mamãe? — perguntou Carmichael.
— Está usando peruca ou o quê? O que está acontecendo por aqui?
— Não diga esse tipo de coisa, Carmichael — pediu ela. — Não sei o que pensar. No começo, pensávamos que fosse só por causa da felicidade, mas quando se abre a porta para o próprio filho e ele não reconhece a mãe... Mas você está lindo, Carmichael, bronzeado, em boa forma, mas um tanto esquisito. — Ele ignorou a última observação. Ela prosseguiu. — Walter e eu estamos com uma sensação terrível, Carmichael; parece que estou ficando mais jovem e ele está envelhecendo. Estamos invertendo as posições.
— Ah, deixe disso — respondeu Carmichael. — O tempo dos milagres já passou. Só estou com defasagem de fuso horário e você está com uma aparência ótima. Deve ser porque não está mais vivendo com papai.

Um homem saiu do quarto vestido em belos tons de preto, mas parecia estar vivendo quatro ou cinco décadas atrás, não hoje. Carmichael diria que tinha uns quarenta anos.

— Bem, mamãe... — disse ele. — É aquele de quem você me falou ou é um outro?
— Carmichael! — respondeu Grace, chocada. — Claro que é o mesmo. Quem você acha que sou? É Walter Wells, o pintor.

Carmichael achou que não ficara tão perturbado quanto esperava com a idéia de que sua mãe estivesse fazendo sexo com outro homem que não seu pai. Independentemente da idade cronológica, as que eles demonstravam ter eram diferentes. Walter não era um gigolô, nem Grace uma mulher que estivesse sendo explorada. Os dois mais pareciam Adão e Eva do que qualquer outra coisa. Ele não precisava ter pegado um avião com tanta pressa e alarme. Se Toby se comportasse mal na Nova Zelândia, a culpa seria de Grace. O fato de ela ser sua mãe não vinha ao caso quando se tratava de atribuir a culpa a alguém: a culpa caía redondamente para o lado dela. Como observara seu terapeuta, é dever da mãe salvar os filhos no que diz respeito ao pai. Grace deveria ter deixado o homofóbico Barley há muito tempo, quando a orientação sexual de Carmichael se tornara evidente. Em relação a certas coisas, o terapeuta estava coberto de razão.

Claro que alguma culpa Carmichael tinha. Ele devia ter revelado anos atrás o conteúdo dos telefonemas das amantes de Barley. Mas, quando se começa a esconder coisas, fica difícil parar. E ele não quisera magoá-la. Pensara que, quando passasse dos cinqüenta, o pai haveria de tomar jeito. E Grace já tinha sofrido o bastante.

*

Contudo, parecia mesmo que ela estava feliz, quase como se tivesse voltado a uma idade anterior à existência de Carmichael; parecia levar a vida despreocupada das mulheres sem filhos, sem outra coisa para fazer senão se divertir, gastar dinheiro e levar em consideração seus sentimentos mais profundos. Era estranho. Não era de esperar que mulheres mais velhas, divorciadas, parecessem Eva.

Pediram pizza — pizza? Sua mãe nunca pedira uma pizza na vida. E beberam vinho tinto. Australiano, ainda por cima. Carmichael levantou a questão da idade e perguntou se Grace consultara algum médico em virtude de seus receios. Devia haver alguma explicação racional. Com a extensão do conhecimento do genoma humano agora existente e a possibilidade de interferência no processo de envelhecimento, tudo parecia possível. O que havia na água de beber? Ao menos em Oz se tinha a certeza de que a água da torneira não era poluída; um dos motivos de ele ter se mudado para Sydney era a água das Montanhas Azuis: em Londres, passava pelas estações de tratamento de Reading e Slough antes de chegar às torneiras da região central da cidade e continuava com o estrogênio das pílulas anticoncepcionais que as mulheres tomavam entre um filho e outro, substância que não podia ser eliminada. Sabia-se da existência em Reading e Slough, mais do que em qualquer outro lugar do país, de uma grande concentração de mães jovens, de classe média, conscientes em relação à saúde; sabe Deus o que andavam tomando ultimamente. Pílulas de longevidade, talvez.

— Você está falando demais — disse Grace. — Como nos velhos tempos. Puxa, que bom ver você de novo, Car!
Ela nunca o chamava de Car.

Walter Wells disse que essa era uma explicação original, mas que a coisa devia ser mais complicada. Um tanto pretensioso o sujeito, pensou Carmichael, que, contudo, não o jogaria para fora da cama caso se sentisse inclinado a isso, algo de que, aliás, duvidava. Sua mãe fizera muito bem. Ela tinha razão, Walter Wells tinha aparência que Carmichael esperava ter dali a quinze anos: cabelos não muito ralos, ar de competência, de responsabilidade, atraente para pessoas de todos os sexos. Walter bebeu bem menos que Grace, notou Carmichael. Ao menos havia alguém por perto para impedir que ela bebesse demais, o que sempre fora algo plausível. Quando ele era pequeno, Grace às vezes se embriagava antes de levá-lo para a cama e enrolava a língua ao ler-lhe histórias infantis. O terapeuta também fizera disso um prato cheio.
— Consultei alguns médicos — disse Grace. — Mas eles não admitiram a evidência que tinham diante dos olhos. Costumam dizer que o equipamento está com defeito quando encontram um resultado que não esperam.
— Talvez seja o caso de levar você a um médico alternativo — disse Carmichael. — Um médico de mentalidade aberta. De preferência, um não europeu. Em Oz, a gente se dá conta do quanto este velho continente é preconceituoso.

35

Que emocionante ver Carmichael bater à porta! E tão forte, saudável e quase, ouso dizer, heterossexual. No mínimo, deixou de ser enrustido, suscetível, de achar que o motivo para isso e aquilo era o fato de ser gay. Creio que Barley teria encontrado alguma outra explicação para sua indiferença em relação a ele. Os pais fazem isso. Carmichael é tão bonito; basta ele olhar diretamente nos olhos da pessoa, como faz agora. Os grandes espaços abertos lhe fizeram bem; ele cresceu para preenchê-los. É difícil sermos nós mesmos no estreito, austero, sombrio Soho, quando podemos fazer isso na Kings Cross de Sydney. Não sei se Carmichael é totalmente feliz com esse Toby: ele não parece seguro de seus afetos, não é como eu e Walter somos, mas talvez tenhamos estabelecido um padrão impossível.

*

Carmichael chegou num momento oportuno. Walter e eu estávamos nus diante do espelho, olhando um para o outro quando ouvimos bater à porta, depois mais uma batida e o longo toque da campainha. Eu tinha acabado de me levantar da cama e me vi de relance no espelho — coisa que durante anos detestei fazer — e parei para olhar, perplexa. Lá estava eu, costas longas, esguias, seios de maçã, empinados: será que eu fora assim quando jovem ou seria aquele o corpo de outra pessoa? Walter, também nu, parou e ficou em pé ao meu lado. Ele já não era mais nem um pouco jovem. Seus cabelos estavam ficando ralos; ele parece inteligente, em vez de ingênuo. Estava se transformando numa variação de seu pai, coisa que mais cedo ou mais tarde acabaria mesmo acontecendo, o que segundo dizem é "natural", mas que na melhor das hipóteses parece muito peculiar. Já que somos tão efêmeros, de que serve tanta consciência individual? Quanto a mim, o que quer que estivesse acontecendo comigo era "não natural", isto é, não havia antecedente algum que eu conhecesse.

Víamos um ao outro como o espelho nos via, com mais verdade do que qualquer um de nós seria capaz de conseguir sozinho; viramo-nos um para o outro e nos abraçamos. Em nossos corações, sabíamos que o único modo de reverter aquilo era deixar de fazer amor. Também sabíamos que nenhum de nós faria tal coisa. E que isso era uma espécie de suicídio lento. Eu me tornaria cada vez mais jovem e desapareceria num extremo da escala, e ele desapareceria no outro, avançando no grande silêncio.

*

A certa altura, ouviu-se uma batida à porta, mais outra, e a campainha tocou, tocou.

— Talvez Ethel tenha voltado com a fita — disse eu da primeira vez. Mas sabia que ela nunca bateria à porta nem tocaria a campainha daquele jeito. Embora ousada, Ethel era sutil e um pouco sinuosa na amizade, não ostensiva e cheia de exigências. A ausência da fita era um indício de fim de amizade: ela me traíra, mas isso era o que de pior poderia acontecer. A única pessoa que teria algo a temer em relação à fita era Doris, que se quisesse pagar por ela, sorte de Ethel. Além disso, Ethel havia desaparecido, o que tinha seu lado positivo, já que a cama de Tavington Court ficaria livre para mim e para Walter caso decidíssemos usá-la, como acabávamos de fazer. E de modo algum meu amor por Walter ficaria abalado, do conteúdo da fita, a despeito do que Doris o induzira a fazer naquelas horas de esquecimento. Nós dois havíamos perdido o interesse em ouvi-la.

O mundo exterior pedia para entrar, então fui abrir a porta e, ao fazer isso, fiquei admirando os dedos lisos da minha mão — será que eu tinha mãos tão adoráveis quando jovem? Talvez tivesse, mas quem senão Barley estava presente para notá-los? Ele não era dado a elogios. Bastava Walter levar meus dedos a seus lábios para eles se tornarem lindos. Talvez Walter estivesse me criando assim como criara *Lady Juliet* na tela, a mim também na tela, e agora Doris, ou ao menos uma parte de Doris. Talvez eu fosse o objeto da urdidura do artista e não a causa. Talvez Walter criasse o mundo a seu redor de modo a ajustá-lo à sua visão, fazendo com que eu agora não tivesse uma verdadeira identidade fora de seu amor. Sem esse amor, talvez eu simplesmente desaparecesse, como um *pixel* em tela de computador ao ser desligado. Talvez tudo fosse obra de Walter, e eu não fosse responsável por coisa alguma. Barley costuma se vangloriar de ter-me criado. Agora Walter me descriava.

Mas, ao abrir a porta para Carmichael, a dúvida desapareceu. Eu era Grace Dorothy McNab, cidadã, e também mãe, e aquele era meu filho. E o que quer que fosse seria bom.

Carmichael nos levou a uma clínica de medicina chinesa no Soho para nos tratarmos. Tivemos que ficar na fila como todo mundo. Não havia nada de especial em relação a nós, e nada de novo sob o sol. Nem em dez mil anos de medicina se tivera notícia de algo desse tipo, disse Carmichael, e a cura correspondente haveria de entrar para a tradição e o conhecimento enciclopédico dos terapeutas chineses.

36

Barley passou por Tavington Court para ver como estava Grace. Não lhe ocorreu que ela pudesse não estar lá: sabia que Grace tinha um relacionamento com Walter Wells, Lady Juliet lhe havia contado, e na verdade também *Sir* Ron quando ele finalmente almoçou com Barley, no Connaught; foi como se ele lhe tivesse dito "agora veja só o que você conseguiu". Barley gostaria de ter dado uma volta com Doris pelo centro de Londres, mas tais passeios haviam rareado, o que talvez fosse bom, pois poderiam sair caros. Doris estava atolada de trabalho.

Ofereceram a Flora que voltasse a seu emprego, mas ela recusou. Doris agora estava em situação difícil, precisava correr para fazer sozinha todo o serviço pesado. Todos os artistas de Londres queriam aparecer no programa *Artsworld Extra*:

não faltava gente disposta a participar do quadro "Uma noite na vida de": pintores, escultores, poetas, querendo viver e trabalhar diante das câmeras — ainda que, como Doris certa vez amargamente comentou, para mostrar uma merda qualquer. Incrível como uma edição habilidosa era capaz de fazê-los aparecer bem; o problema eram os convidados ao estúdio. Doris precisava de informações precisas, e agora não havia ninguém confiável para realizar esse trabalho. Era espantosa a quantidade de pesquisadores que executavam mal a simples tarefa de elaborar perguntas a respeito do que pensavam os convidados e repassá-las para Doris. Doris ia ao ar com a expectativa de que os entrevistados tinham determinada opinião, e eles acabavam respondendo exatamente o contrário; assim, a esperada reação calorosa do público simplesmente não acontecia. Flora a deixara em maus lençóis. Inútil Barley lhe dizer que ela precisava aprender a delegar; mas para quem haveria de delegar? Não havia, portanto, mais passeios agradáveis por Londres, feitos como se ela tivesse o tempo todo para si. Não havia.

Talvez Grace estivesse disponível para um passeio. Tanto tempo depois do divórcio, para a maioria das pessoas, seria suficiente para aplacar qualquer animosidade. Grace se revelara menos parecida com a maioria das pessoas do que ele havia esperado. Às vezes ele sentia que estivera casado com uma estranha durante aqueles anos todos; que ela o tinha enganado. Então claro que ele fora buscar outra coisa em outra parte, quem não faria isso? Para que um homem haveria de querer riqueza, poder e *status* senão para ter escolha entre as mulheres disponíveis? Mas Barley nunca deixara que isso prejudicasse o casamento; ele sempre caía fora antes que a situação começasse a ficar séria — até que surgiu Doris. Doris não era para ser levada descompromissadamente.

Não havia nada no escritório que exigisse sua atenção imediata. Isso em si não era motivo de preocupação. Simplesmente indicava que ele delegara bem. O projeto Opera Noughtie, é verdade, encontrava-se agourentamente parado. O almoço com *Sir* Ron fora descontraído e fácil, mas homens como ele eram experientes enganadores: esfaqueiam pelas costas enquanto sorriem e a faca entra. Ele trouxera à baila o assunto relacionado a Makarov: sim, ele estava no carro, que coincidência! *Lady* Juliet estava indo para Leningrado, e Makarov ajudava a tomar algumas providências. Não, não eram férias, ela viajaria por causa da Spick and Span Trust, mais uma de suas obras beneficentes. A Spick and Span custeava projetos de preservação do patrimônio cultural — regulação da temperatura, controle de umidade, esse tipo de coisa —, e o Hermitage acabara de descobrir um novo lote de tesouros de arte numa das salas do fundo, no quarto andar, que precisava muito de cuidados. *Lady* Juliet, na verdade, conseguira uns dois milhões de Makarov:
— Esses homens de aço... ou, nesse caso, de urânio, ha-ha... são loucos por arte, de onde quer que seja. Bem, você sabe disso, Barley.

Não foi exatamente uma cutucada nas costelas, nem um "está vendo só, patife", mas quase isso. O casamento com Grace nunca despertara inveja; com Doris, sim. Barley esperava ardentemente que isso não o prejudicasse nos corredores do poder. Quem diria que aquela coroa seria capaz de angariar tanto apoio: a pena de detenção era responsável por isso, é claro, tornara-a para sempre uma vítima, e hoje todo mundo adora uma vítima, e detesta o vencedor.

Não foi preciso tocar no assunto sobre Billyboy; *Sir* Ron se encarregou disso diante do linguado Dover grelhado. Tantos pratos maravilhosos no cardápio e tão pouco se pode comer hoje em dia, concordaram os dois. E comeram os brócolis com virilidade.

— Billyboy pode ir à falência — disse *Sir* Ron descontraidamente. — Foi além do recomendável. A levisita não é um negócio tão bom quanto ele pensava. Alguns países voltaram atrás no tratado. Estão simplesmente enterrando o material em algum poço próximo, e que se dane o lençol freático. Quem não faria isso se pudesse resolver a questão desse jeito?

— Até mesmo Billyboy — disse Barley. — Ele não resistiria.

— Sim, é preciso ficar de olho caso ele resolva instalar-se por aqui — concordou *Sir* Ron, afavelmente. — Mas ele seduz as pessoas. Juliet o convidou para jantar várias vezes. Você e Doris precisam vir também qualquer noite dessas. Mas imagino que ela esteja muito ocupada com o trabalho. A televisão acaba com a vida social.

— Ouvi falar que Billyboy está pensando em fazer sociedade com Makarov — disse Barley, aproveitando a vantagem de não ter sido convidado para jantar recentemente.

— Minha levisita, seu lixo nuclear, ha-ha — disse *Sir* Ron.

— Faz sentido. Mas pense na revolta que isso causaria. O fator NMQ. Não no Meu Quintal. Perdeu-se muito tempo em consultas por aqui. Os franceses fazem isso melhor. *Si vous voulez drainer* o lago, isso é pergunta que se faça aos frrranceses? Quem mora perto de uma usina nuclear na França tem energia elétrica de graça. Isso logo os faz calar a boca.

Foi o maior consolo que Barley conseguiu. Agora ele estava desapontado por ouvir do porteiro que Grace não estava em casa. Ficava satisfeito em ver que ela escolhera um lugar decente para morar: um lugar digno e respeitável, como convinha a alguém na sua posição. Pensou em Wild Oats, que agora não passava de um local em obras, e quase a invejou.

Doris prometera que a casa ficaria pronta para o aniversário de Barley. Ele duvidava. Conhecia os empreiteiros melhor do que ela: quanto mais eram pressionados, mais se comportavam como o mercúrio, espalhando-se em todas as direções. E sabia que jogo duro não funcionava. Assim como o fato de pesar Ross às sextas-feiras sob ameaça de demissão apenas servira para fazê-lo comer mais. As pessoas são assim. Gente sensata nunca desafia empreiteiros, eles sabem que fazer orçamento não é ciência exata, que cliente e empreiteiro estão juntos no negócio, que compartilham os riscos. Vá ver sob a superfície, e sabe Deus o que se vai achar. Minha casa e dinheiro, sua experiência e trabalho duro. As coisas são feitas do jeito que são por um bom motivo: costume e prática podem parecer ineficazes, estúpidos, lentos, mas levam em conta os caprichos da natureza humana, o tempo, o ambiente e a deterioração.

Quanto aos aniversários, Doris dava importância a isso; ele, não. Doris precisava de presentes, dinheiro para gastar, parabéns solenes pelo fato de ter vindo ao mundo e muita atenção especial para si. Ele deixara disso muito tempo atrás. Quantos anos ele faria no próximo aniversário? Cinqüenta e nove? Insuportável, melhor esquecer. A idade não é boa coisa para os negócios.

— Ela saiu com o rapaz dela — respondeu o sr. Zeigler.
— Isso para não falar do outro que disse estar procurando sua mãe. A srta. McNab não parece ser mãe de ninguém, nem se comporta como se fosse, se me permite dizer. Eles vão e vêm como ioiô. E tem ainda a amiga. Ela sai dez minutos e volta com um tipo esquisito, estrangeiro, que usa alfinete de gravata. Ela não me pareceu ser o tipo dele, mas alguns homens preferem uma saia midi a uma mini, por assim dizer.

Talvez a mudança de nome a tenha afetado. De sra. Grace Dorothy Salt voltou a ser Dorothy Grace McNab; foi rápido demais. Barley nunca gostara de Dorothy; assim, quando se casaram, ela adotara Grace a seu pedido. Ela estava voltando a seu velho eu, voltando a ser a pessoa que era antes de se casar, e tanto pior que essa pessoa tivesse 17 anos. A culpa era dele. Barley pedira que Grace voltasse a seu nome de origem apenas porque Doris queria, e Grace concordara, sendo sua natureza, não a de Doris, fazer favores, não desfavores, caso pudesse.

Barley pediu ao sr. Zeigler que dissesse a Grace que seu ex-marido viera visitá-la. O sr. Zeigler respondeu que não estava ali para dar recados, murmurou qualquer coisa a respeito de homens velhos e obscenos, mas acabou concordando.

Ross estava estacionado do outro lado da rua estreita, diante de um muro comprido, sobre faixas amarelas duplas. As faixas dos dois lados da rua indicavam que poucos veículos paravam ali, a não ser táxis, para que velhas senhoras pudessem descer, ou furgões de entrega, correndo o risco de encontrar algum guarda de trânsito. Barley saiu pela porta dupla de Tavington Court, desceu os degraus largos, baixos, e ficou por um momento junto ao meio-fio. Um jipe preto surgido do nada se precipitou em sua direção e subiu na calçada em grande velocidade. Ele deu um salto para trás e subiu novamente os degraus; o pára-choque cromado passou de raspão por um poste eduardiano, produzindo um guincho metálico, e o monstro acelerou, seguindo adiante erraticamente. Ross, de rosto vermelho, saiu do carro, e o sr. Zeigler veio para fora. Barley ficou encostado à parede de tijolos por uns 15 segundos, em estado de choque.

— Eu vi — disse o sr. Zeigler, em tom de denúncia. — Tem alguém querendo pegar o senhor. Deve estar lidando com as pessoas erradas.

O sr. Zeigler entrou novamente. Ross abriu a porta de trás para o ofegante Barley, que, já com a cor voltando ao normal, entrou no carro. Ross deu a partida e foi embora.

— Não foi acidente, foi? — disse Barley, no banco de trás.

— O que mais poderia ser? — disse Ross, surpreso. — É terrível, mas essas coisas acontecem. Pé no acelerador em vez de no freio, provavelmente. Alguns automáticos fazem isso quando se dá partida de repente.

— É — disse Barley. As pessoas dirigem esses veículos justamente porque eles não têm câmbio automático, e com certeza não fora uma partida súbita. Talvez Doris tivesse razão. Ele precisava de um motorista mais jovem e em melhor forma. Não é possível simplesmente demitir as pessoas hoje em dia. É preciso ter um bom motivo. Ross havia falhado.

— Sempre achei — disse Ross — que deve ter acontecido algo desse tipo com a sra. Grace quando ela foi para cima da srta. Doris. É fácil acontecer isso. Mas as pessoas sempre gostam de meter a sua colher.

Barley não estava ouvindo. Acidente ou não, o acontecimento não era bom indício. Ou Deus estava do seu lado, colocando-o no caminho de uma simples má sorte, ou os russos sabiam de algo que ele desconhecia e estavam manifestando seu descontentamento. Em todo caso, ele quase preferiria que fosse a última hipótese.

37

A janela da clínica de medicina chinesa em Dean Street era poeirenta, decorada com tigres de papel escarlate e flores de lótus de papelão. Havia ali vasos de ervas medicinais há muito tempo intocados, e um aviso em francês advertia contra picadas de cobras, propondo um remédio. Muitas moscas haviam entrado na sala e lá permaneciam. Mas Carmichael disse que ali o haviam curado de asma, depois do fracasso de outros tratamentos. Nunca soube que Carmichael tivesse sofrido de asma, mas ele assegurou que sim. Eu simplesmente não havia notado. Mas tudo isso eram águas passadas: agora ele era capaz de ver o quanto eu fora infeliz com seu pai e como fora difícil para mim atender às necessidades de uma criança em crescimento. Ele estava de celular e ficava tentando falar com Toby na Nova Zelândia, depois ligou para a companhia telefônica para saber por que a ligação não se completava, apesar de Walter lhe ter dito que talvez o sinal não chegasse àquela montanha na Nova Zelândia. Carmichael respondeu que isso era um flagrante antiantipodismo da parte de Walter.

Mais para dentro, a clínica era limpa, bem arrumada, espaçosa, higiênica. Alguns calendários mostravam crianças risonhas da Nova China. Homens jovens, de ar sério, de jalecos brancos, pesavam ervas secas, cascas e sementes retiradas de diversos recipientes. Um supervisor controlava suas atividades. Pacientes de todas as raças, que não pareciam melhor nem pior do que aqueles que freqüentavam os consultórios convencionais, recebiam um saco de papel marrom e iam embora esperançosos.

Walter manifestava sua inquietação. Assim como muitos homens, ele não gostava da idéia de que outras pessoas, com ou sem conhecimento médico, soubessem mais que ele; achava que a simples força de vontade bastaria para ele controlar seu corpo.

— Acho uma má idéia — disse ele. — Não que eu não seja grato por seu interesse, Carmichael. Mas estou me lembrando de um tio-avô que sofria de envelhecimento precoce. Talvez eu tenha herdado um pouco disso. Essas oscilações não são algo contagioso, como sarampo. Que tal desistir, esquecer tudo isso e ir para casa?

Mas Carmichael respondeu que havia mais coisas entre o céu e a terra. Em seguida, já era hora de entrarmos, e de

Carmichael ir ao *pub* encontrar os amigos, onde certamente os encorajaria a emigrar para Oz. Ele era como o pai em relação a seus encantos e entusiasmos. Eu me vi muito satisfeita com ele e entrei no consultório. Walter seguiu-me estoicamente

O médico ouviu atentamente o que eu tinha a dizer e enfrentou as reservas e interjeições de Walter, acenando com a cabeça e rindo como se tivesse ouvido aquela história, senão com freqüência, ao menos uma vez antes. Carmichael tinha razão: não havia nada de novo sob o sol. Ele mediu nossos pulsos, examinou nossas tireóides, olhou-nos no fundo dos olhos, fez perguntas a respeito da nossa dieta, fez anotações e escreveu prescrições diferentes para cada um. Saímos de lá levando nossos sacos de papel marrom com substâncias orgânicas misturadas, que cheiravam fortemente a alcaçuz. Deveríamos ferver o conteúdo três vezes em três dias consecutivos e, a cada vez, reduzir a mistura a um terço do volume original. Não importava qual o volume com que começássemos. Depois, deveríamos tomar uma colher de sopa três vezes ao dia, durante três dias, e estaríamos curados.

Quando íamos embora, o médico saiu da sala e disse:

— É bom ver irmão e irmã juntos. — O que me fez pensar que talvez ele não tivesse entendido muito bem nossa situação. Walter não ouviu, e eu não lhe contei, o que o médico disse.

— Parece mais magia que ciência — disse Walter, desconfiado, a caminho de casa. Estremeci. Não gosto de me envolver com magia. Será que alguém lançara alguma maldição sobre nós? Quem? Havia na prisão, comigo, uma jovem do

Haiti que me acusou de ficar olhando para ela. Ela apontou dois dedos na minha direção como se eu fosse o demônio e ela quisesse minha desgraça. Eu olhava para a jovem, é verdade, mas apenas porque ela parecia desesperada e era bonita, cabelos pretos, brilhantes, volumosos, presos com uma fita vermelha, que ninguém ousava tirar receando mordidas, corpo esguio, bonito, rosto lindo. Mas eu não achava que fosse ela. Ela era louca, gritava muito e praticava vodu na cela. Não creio que a maldição de uma louca pudesse provocar tal efeito. Podia ser Doris, mas ela tinha recursos mais óbvios de expressar sua obsessão por mim, seduzir Walter, por exemplo. E sua atitude instintiva seria me envelhecer, não o contrário.

Quando voltamos ao estúdio, Ethel e um homem que ela apresentou como Hashim estavam sentados na escada. Fiquei feliz ao vê-la, ao concluir que ela não pretendia me chantagear — ao contrário, parecia que a intenção dos dois era chantagear Doris. Eu poderia ter-lhe dito que tal plano provavelmente não funcionaria, mas acabaram descobrindo isso do pior modo. Hashim, que ela parecia ter recolhido na rua diante da loja Heals e levado para Tavington Court para conseguir algum dinheiro, era na verdade um segurança da emissora de televisão em que Doris trabalhava, e não amigo de Doris. Ela era popular para o público, aparentemente, mas não entre os colegas.

Walter ficou um tanto chocado ao saber que Ethel praticava "a mais antiga das profissões", como ele disse, um tanto vitorianamente, mas eu lhe expliquei que, na cadeia, as pessoas aprendem a ser práticas. Depois de serem revistadas nuas algumas vezes, o que acontece com qualquer parte do corpo deixa de ser desconcertante. Dar à luz também produz resultado bem parecido: tudo acontece à vista de todos, da equipe médica, de enfermagem, masculina, feminina e intermediária. Depois disso, o que mais importa? Ethel certamente não faria disso uma prática. Tivera a sorte dos iniciantes e encontrara Hashim, que parecia querer ficar com ela; e agora Ethel oferecia seus serviços de graça. Além disso, de certo modo, a culpa fora minha, se é que havia alguma culpa. Eu emprestara o apartamento e não perguntara a Ethel se ela tinha dinheiro suficiente para comer e beber, e a geladeira estava quase vazia.

Não lhes perguntei o que havia na fita. Eu mais ou menos sabia o que era. Também sabia que Walter se recuperara de algum possível vago feitiço que Doris lhe tivesse lançado, o mesmo que atraíra Barley para ela. Para ser uma *femme fatale*, ao que parece, a mulher não precisa ser nem um pouco misteriosa, provocante, languidamente exótica: basta haver um hiato entre ela e o nada, o que é mais do que acontece com a maioria das mulheres. Criaturas assim se pavoneiam pelo mundo, para infelicidade de quem as encontra. Não sabem o que é moralidade, ou somente aquela que diz respeito a seus próprios interesses. Ela me custara o casamento, mas me dera Walter. Seu retrato ficara pronto e agora estava virado para a parede. O corpo fora ajustado satisfatoriamente, e o colar Bulgari continuava a reluzir no busto branco e perfeito de *Lady* Juliet. Walter disse não se orgulhar do trabalho, mas tampouco se envergonhava dele. Sentia-se em consonância com Goya. O deslizamento da tinta deixara de acontecer: o rosto de Doris mantinha-se do modo como Walter o fizera, reparado e estabilizado com uma profilática camada de verniz.

Walter decidira não contar a Doris que o retrato estava pronto até que fosse absolutamente necessário fazer isso: ela poderia tentar algum desconto pelo fato de a transformação ter sido obtida com rapidez. Quando as pessoas compram um quadro, gostam de sentir que adquiriram um pedaço do artista: seu gênio, sua vida, seu tempo, sua agonia. Não querem saber de facilidade. Quando perguntaram a Whistler quanto tempo ele levara para pintar sua mãe, ele respondeu "uma vida toda". Melhor nada dizer em termos de semanas, menos ainda de dias. Além disso, era verdade.

A galeria Manhatt. pedira a Walter que enviasse mais seis telas, obras do início da carreira se possível, mas, como a maioria dessas telas haviam sido vendidas, a não ser algumas das quais ele não queria se separar, Walter agora estava falsificando seu próprio estilo anterior, um processo que achava fascinante, embora, de vez em quando, murmurasse a palavra "pueril" ao aplicar a pincelada.

Fervemos nossos extratos chineses em três dias consecutivos e obedientemente engolimos o líquido escuro e espesso. Não sentimos a menor diferença. Continuei bonita diante do espelho, e Walter parecia cada vez mais responsável. Talvez o remédio não tivesse falhado; talvez tivéssemos trocado as panelas em algum momento e Walter tivesse bebido aquilo que se destinava a mim, e eu o remédio dele, neutralizando o efeito. Fizemos a fervura e a redução em Tavington Court; tão aromáticos eram os vapores que o sr. Zeigler veio bater à porta para perguntar que caldeirão de bruxas estava ao fogo.

Era difícil para nós dois nos concentrarmos por muito tempo na natureza peculiar de nossos processos de transformação física; ou manter algum nível de ansiedade em relação a isso. O cotidiano era tão bom que, no máximo, o problema passava rapidamente por nossas cabeças; além disso, parecia agourento fixar o pensamento nisso. Se não fizéssemos nada, aquilo haveria de passar, se é que alguma coisa realmente acontecia. Era só quando alguém como Carmichael aparecia ou o sr. Zeigler fazia alguma observação que de fato fazíamos alguma coisa, ou mais ou menos fazíamos.

Mas depois minha irmã Emily apareceu, tinha vindo ao estúdio a chamado do sr. Zeigler. Emily, minha irmã mais nova, agora com 52 anos, viera diretamente dos pântanos de Yorkshire, cheirando a rua, cachorros, maridos e lareiras, surgiu com seu rosto de cavalo, dentes grandes, amarelos, salientes, cabelos grisalhos, *tailleur* de *tweed* já deformado, sapatos práticos, acompanhada de um espevitado labrador amarelo. Emily, minha irmã! O cachorro passou por mim, entrou no estúdio e ficou farejando todos os cantos, inspecionando todos os que estavam ali, estranhou um pouco

Hashim, que se encolheu assustado diante do focinho frio e inquiridor; por fim farejou Doris, confinada à tela e voltada contra a parede. Grunhiu e recuou, pêlos eriçados, mas logo se voltou para o que restara de uma pizza havaiana, ainda na caixa, deixada no chão desde o dia anterior, devorou pedaços de abacaxi e um pouco do papelão antes de se dar conta do que era aquilo. Também os cachorros devem viver no mundo real e cuidar de assuntos da carne, não do espírito.

— Puxa, Dorothy! — disse Emily. — O que anda fazendo? Não pode ser! Vejá só. Você está a própria não-Grace!

38

— Querido — disse Doris a Barley. — Vou fazer uma festa surpresa para você na quinta-feira, dia do seu aniversário. Acha que seria um gesto simpático convidar Grace? Só para mostrar ao mundo que somos amigas?

Barley olhou-a, cauteloso. Seu aniversário seria dali a cinco dias. Estavam os dois deitados, completamente vestidos, na cama Giacometti de Wild Oats. Ross os levara lá para uma visita de inspeção. Barley tinha que concordar que os empreiteiros haviam feito um trabalho surpreendente.

— Eu simplesmente tive pulso firme com eles — disse Doris. — Depois, trouxe uma equipe de construtores de cenário da televisão. Agora os arquitetos que desistam do dinheiro. O pessoal da televisão é capaz de montar uma casa inteira em uma semana, sabia disso? Não sei por que todo mundo faz tanto estardalhaço. Só é preciso uma licença temporária do controle de edificações, é claro, uns três meses, mas para que mais? Temos que morar num lugar mais central, isto aqui é muito longe do centro. A suíte do Claridges é perfeita para tudo menos para grandes festas. Estou contratando uma frota de carros para trazer os convidados de Londres. Todo mundo que interessa foi convidado, e estou certa de que alguns deles ficariam satisfeitos em ver a velha e querida Grace. Não é bom conviver com maus sentimentos, não é bom para o carma.

— Entendo o que você quer dizer com festa surpresa — observou Barley.

Doris soltou um risinho e o cutucou como uma menina travessa.

— E ela pode trazer o rapaz, namorado dela, o pintor?

— Walter Wells — disse Barley. — Não sei se eu gostaria.

— Isso me soa um tanto suspeito, um comportamento antigo, essa coisa antropológica de macho guardião — respondeu Doris, subitamente chorosa. — E Grace McNab não é mais sua mulher. Eu sou sua mulher. Isso me magoa. Você deveria ficar feliz em acolher em sua vida o namorado dela.

Barley sempre se surpreendia com a vulnerabilidade de Doris, sob sua casca de vivacidade e autoconfiança. E agora também se surpreendia com o fato de achar perturbadora a idéia de imaginar Grace na cama com Walter Wells.

— Se isso faz você se sentir mais segura, querida, convide — disse Barley, com magnanimidade. — Convide quem você quiser.

*

Doris nada contou a Barley sobre a tentativa de chantagem que lhe fizeram no estúdio, e ele não contou a Doris que o tentaram atropelar. Certas coisas são complicadas demais para entender, mais complicadas ainda para explicar, e a vida dos dois os mantinha cada vez mais ocupados. Era muito bom apenas deitar-se na cama por quinze minutos e relaxar. Barley notou uma mancha de umidade no teto recém-decorado de estrelas — estrelas dispostas como as constelações de Sagitário e Escorpião, em honra da cama conjugal — mas não mencionou isso a Doris para não desencadear uma nova rodada de reforma obsessiva.

Se o projeto Opera Noughtie não desse certo, isso seria a ruína de Barley. Não haveria dinheiro para recomeçar. Dinheiro nenhum. Nem mesmo para o táxi. E como o amor entre os dois haveria de resistir a esse revés?

— Acho que, se for para convidar Walter Wells, precisamos consultar Grace — disse Barley. — Ela vai ficar um pouco surpresa com as mudanças aqui.

— É uma festa surpresa — respondeu Doris.

Os ponteiros do relógio cascata, tipo arte-instalação, passavam a marcar seis horas, e era sexta-feira, dia de pesar Ross, e também a ele, Barley, o que significava terem acabado os quinze minutos de descanso. Se Doris havia concordado em poupar Ross da humilhação de subir na balança, já se esquecera disso, e decidira submeter ao ritual também o marido. Ganho de peso radical exigia medidas radicais, e ela queria Barley em boa forma para a festa surpresa. Ele concordara em pesar-se porque se sentia culpado por causa do colar Bulgari, que não ficaria pronto a tempo para a festa de aniversário, uma ocasião muito especial, e Doris estava se mostrando muito compreensiva em relação a isso.

39

O Mary House Convent ficava em Windsor, sob a rota de aviões que partem de Londres. Era para esse convento que Emily agora levava Grace. Estava convencida de que havia algo suspeito em relação ao fato de a irmã ter literalmente voltado ao que era antes do casamento. Iam consultar uma tia, a outrora jovem e volúvel Kathleen McNab, hoje madre Cecilia, de 98 anos, que certamente saberia distinguir, se é que alguém sabia, o que era enviado pelo demônio e o que vinha de Deus.

Ao passar num mercado, Grace comprou uma cesta de vime, que encheu de flores e frutas, para dar de presente a madre Cecilia. Levava a cesta no braço ao entrar na cela da velha tia.

*

Emily costumava visitar tia Cecilia uma vez a cada seis meses. Visitas mais freqüentes eram vistas como causadoras de agitação excessiva. Quanto a Grace, ela permitira que as vicissitudes da vida lhe apagassem quase toda lembrança da existência dessa tia. O fato de haver uma freira na família nunca fora muito comentado durante a infância de Grace: Kathleen tivera um filho do próprio tio quando tinha 18 anos, e como explicar isso às crianças? O bebê morreu, e Kathleen renunciou ao mundo, à carne, ao demônio, e tornou-se Cecilia, Noiva de Cristo, e também fonte de um vago embaraço para a família. Atenciosa, Emily já a visitava há trinta anos quando levou Grace consigo.

— Se pode visitar uma velha freira, por que não me visitou na prisão? — inquiriu Grace, a caminho do convento.

— Acho que teria sido bom na época — respondeu Emily —, mas, depois, talvez isso pudesse prejudicar nosso relacionamento. Ninguém gosta de ser visto quando está muito mal, e certamente não há quem não esteja muito mal na prisão.

— Em todo caso, não havia mesmo muito relacionamento — observou Grace. — Você não falava comigo havia anos.

— Bem, você não vendeu os malditos Rolls-Royces para nos ajudar quando Barley nos meteu em apuros.

— O preço de revenda era baixo demais — respondeu Grace, timidamente. As duas falavam em tom de birra, como se tivessem voltado à infância. Era muito consolador. Mas Grace notara, ou julgara ter notado, ao vestir saia e blusa para ir ao convento, que seus seios estavam encolhendo. Uma coisa era ter 17 anos, ela pensou em pânico, mas quem haveria de querer voltar aos 13? Talvez estivesse apenas sugestionada. Não se sentia mentalmente com 13 anos, como poderia? Não esquecera o passado, embora muita gente lhe tivesse aconselhado, quando do divórcio, que "agora é preciso olhar para frente, não para trás", e décadas de experiência deviam servir para alguma coisa. Mas, emocionalmente, quem sabe tivesse voltado aos 13? Talvez por causa da companhia da irmã, e da lembrança de quando iam juntas todos os dias ao colégio de freiras, num trem como aquele em que no momento viajavam para Windsor.

— Era o gesto que esperávamos — retrucou Emily. — Mas você não o fez. Estava cega por causa do detestável Barley.

— Ao menos quando estava com ele, eu podia envelhecer com dignidade. — Um grupo de operários que trabalhava numa ponte de guindaste, em Paddington, olhou para baixo e assobiou para Grace, que se sentiu reconfortada com isso.

Haviam deixado o cachorro para passar o dia com Walter: ele tinha um parecido quando era criança, do que se lembrou com afeição. Ethel e Hashim tinham ido à Central de Emprego em busca de trabalho, embora não soubessem muito bem como haveriam de explicar que ela ficara sem trabalhar durante três anos e ele subitamente deixara a emissora de televisão. A vida pode ficar muito complicada, queixaram-se os dois; não havia como evitar a perseguição dos dados pessoais, tais como resultados de exames médicos, históricos de motorista e ficha criminal: começar de novo em nome do amor pode ser difícil. Recusavam-se a aceitar dinheiro de Grace. O alfinete de gravata era de ouro mesmo e, numa emergência, poderia render-lhes umas 75 libras.

Construído para ser mesmo um convento, o Mary House datava de meados do século XIX e estranhamente lembrava o letárgico edifício de Tavington Court, com seus tetos abobadados e corredores largos, de cor pálida. O odor de repolho cozido penetrara nas paredes. No edifício de apartamentos, as paredes ao menos estavam saturadas de aromas variados dos pratos para microondas Marks and Spencer, ou haviam estado até que os vapores da fervura das ervas chinesas tivessem prevalecido.

Doze freiras muito velhas agora habitavam o convento, que já abrigara uma centena de religiosas. Somente quando morresse a última, a propriedade seria entregue à incorporadora imobiliária. O local era magnífico, com uma linda vista para o castelo de Windsor a partir do piso mais alto, mas quem ainda restava para subir até lá? Enquanto isso, a ordem monástica, em Roma, era contra qualquer arrendamento prematuro de alguma das partes para que ali funcionasse uma escola, um centro artístico ou comunitário, como os planejadores locais gostariam. As preces dos fiéis sustentavam o mundo, e as velhas senhoras oravam: era isso que faziam. Ninguém haveria de tirá-las dali. Nos dias de hoje, as mulheres espiritualizadas, em cuja natureza estava a negação da carne, tornavam-se anoréxicas ou voltavam-se para o serviço social. Não entravam para o convento a fim de levar uma vida de preces. Quando as freiras tivessem ido embora, quando esses poucos laços que ainda ligavam a terra ao céu tivessem finalmente rompido, o mundo iria girando diretamente para o inferno, não ficaria parado no meio do caminho. Que Deus, não os planejadores, decretasse quando isso aconteceria. Esta era a posição de Roma, embora as próprias freiras, na linha de frente da luta entre o bem e o mal, parecessem mais esperançosas.

— Da última vez em que estive aqui — disse Emily a Grace —, ela me disse que agora havia no mundo mais bem do que mal. Os conventos atenderam ao propósito para o qual foram criados. Só que, onde há anjos, há também demônios, que fazem muito mais barulho, assim os anjos costumam passar despercebidos. Estou certa de que ela poderá ajudar você. Está um pouco caduca, mas não muito.

A irmã Cecilia estava sentada na bem arrumada cama de sua cela branca, vazia, olhando para um jardim murado, extremamente monótono e úmido. Olhou para as sobrinhas com olhos baços mas ainda penetrantes. Era frágil, mas tenaz.
— É Emily — disse ela. — Estou reconhecendo Emily. Tem cara de cavalo, sempre teve. Mas a outra quem é?
Fixou por algum tempo o olhar na cesta que Grace levava no braço: maçãs vermelhas de Natal, melhores como decoração do que para comer, e pálidos narcisos que de algum modo vão parar nas lojas no começo de dezembro. Depois olhou para o rosto de Grace, sorriu e disse com alegria.

— Nossa, é santa Dorotéia! Leva sua cesta no braço. A própria santa Dorotéia veio me visitar em meu leito de morte! Vamos rezar?

Claro que não sou santa Dorotéia. Sou Grace Salt, que foi tola a ponto de ter renunciado a seu nome. Sou uma mulher de meia-idade, primeira esposa, que agora vive com um jovem amante em meio ao conforto físico, senão emocional, em Londres, no começo do século XXI. Santa Dorotéia foi uma mártir do cristianismo primitivo que se indispôs com as autoridades, viveu e morreu no primeiro século depois de Cristo. Diz a história que duas mulheres apóstatas a visitaram, e ela conseguiu reconvertê-las; então o imperador Diocleciano mandou que fosse decapitada. A caminho da execução, um advogado de nome Teófilo dela zombou e pediu que ela lhe mandasse flores e frutas do jardim celeste. Dorotéia então se transformou numa criança sorridente, com uma cesta de flores e frutos das alturas, que ofereceu a Teófilo. Um milagre! Naquele mesmo instante, Teófilo tornou-se cristão, e os dois foram executados. De tais ironias são feitos os mitos e lendas.

Santa Dorotéia era a favorita dos pintores religiosos — qual pintor da Idade Média, que intérprete da criação divina poderia não ser religioso? —, talvez porque, imagino, uma criança sorridente com uma cesta de flores e frutos fosse um bom motivo pictórico.

Talvez eu tivesse conhecido a lenda na minha infância, ou visto imagens de santa Dorotéia, ou lido a seu respeito em

Pequenas vidas de todos os santos, e esquecido tudo. Mas, depois de termos rezado para o Criador, nós três ajoelhadas no chão de linóleo verde, reconhecido os pecados, louvado a Criação, pedido que nossas preces fossem atendidas e agradecido a santa Dorotéia, pareceu-me que minha blusa voltava esticar-se para cobrir meu peito, já não caía solta. Talvez tudo estivesse apenas na minha cabeça, talvez não, como saber? Isso importa? Eu estava olhando para baixo de um ângulo diferente.

— Pensei que ela não saísse da cama — disse Emily, a caminho de casa. — Levantou-se num estalar de dedos quando achou que você era santa Dorotéia. Está ainda mais caduca do que na minha visita anterior.

— Espero que ela julgue merecer um descanso — respondi. — Espero que as pessoas tenham esse direito aos 98 anos. A vida pode ser muito exaustiva.

— Os joelhos dela estão em boa forma, só enrugados — observou Emily. — Aliás, dobraram-se bem melhor que os meus.

— É a prática — respondi simplesmente. — Uma vida inteira dedicada a isso.

— Era um absurdo mesmo pensar que você estava rejuvenescendo. Isso não acontece. Para mim, você parece ter uns trinta anos, o que já é extraordinário, mas, pensando bem, mamãe sempre pareceu bem mais jovem do que de fato era. Está nos genes, sorte sua.

— Sorte minha — respondi.

— E eu saí com cara de cavalo, como papai — disse Emily.

— Quando Cecilia era jovem, seus dentes também não eram

motivo de orgulho. Acho que ela devia pensar que era tão sem encantos que entrou para o convento.

— Acho que sim.

Quando chegamos em casa, Walter parecia muito jovem e estava perturbado, voltara a ter cabelos espessos, bem soltos. Disse que Doris havia telefonado convidando nós dois para o aniversário de sessenta anos de Barley, na casa de campo. Era para levarmos o retrato conosco.

— Ela se enganou — observei. — Barley vai fazer 59. — Mas eu não iria dizer isso a Doris. A gente pode ser muito santa.

40

Quarta-feira, 12 de dezembro, 8h — 10h

O dia da festa amanheceu tão belo e claro quanto possível para um início de dezembro. Por toda a cidade de Londres, motoristas das melhores firmas de automóveis de aluguel percorriam ruas e distâncias em função do acontecimento da noite. Era a primeira grande festa da temporada de Natal. Todas as pessoas importantes haveriam de comparecer, nem que fosse apenas por causa do boato de que os negócios de Barley Salt estavam superdimensionados e que ele se encontrava à beira da falência. Queriam estar presentes para ver a ruína; queriam saber como sua nova mulher, a famosa Doris, reagiria aos acontecimentos. Muitos diziam que ele bem merecia aquilo por causa do que fizera com a pobre Grace. Poucas mulheres se deram ao trabalho de telefonar a Grace ou de convidá-la para algo além de um almoço rápido na cozinha, cancelado no último instante, ou para uma saída às compras que nunca se concretizava. Mas que tiveram pena dela, tiveram. Isso poderia ter acontecido a qualquer uma, com a diferença de que teriam rompido o casamento logo no primeiro caso extraconjugal. Teriam ficado com o dinheiro, com a pensão e vivido felizes para sempre; mas Grace era uma criatura boa, não sabia cuidar bem de si e acabara suportando o sofrimento sem se queixar, o que fazia dela uma tola. Mulheres tolas podem, no entanto, representar uma grande ameaça; os homens pareciam gostar delas. E havia uns tantos homens descompromissados a quem se podia recorrer num dia de chuva e que Grace não agarrara. Mas, de um modo geral, as pessoas colocavam-se do lado de Grace, e fora uma tolice *Artsworld Extra* ter promovido Leadbetter a tal ponto: Doris era uma celebridade, mas não escolhera as pessoas certas. A arte era algo que ia além das fezes, ainda que saneadas e compactadas.

Havia, por exemplo, o retrato pintado pelo jovem Walter Wells, quadro orgulhosamente pendurado acima da lareira de *Lady* Juliet, a contemplar algumas das melhores festas, quando o caviar era servido com fartura, o sr. Makarov dizia seus gracejos e levava a reboque a figura um tanto estranha de Billyboy Justice. O novo casal Salt não comparecera a muitos desses eventos, o que fora notado. Ocuparam-se bem mais em prestar atenção um ao outro do que de fato poderiam. E o sr. Wells poderia simplesmente tornar-se a grande sensação dos meios culturais, o brilho das jóias de *Lady* Juliet anunciava isso, e não é que Grace conseguira se juntar a ele e até perdera peso? Barley, por sua vez, engordava.

*

Mas havia a festa de aniversário surpresa — algo um tanto canhestro, principalmente porque era período de Natal; as pessoas que faziam anos em dezembro ou começo de janeiro deviam simplesmente esquecer isso —, e a festa trouxera à lembrança os dias em que eram todos estudantes; Doris mal tinha trinta anos e, sendo apresentadora de televisão, não era de esperar que soubesse muito bem de certas coisas. Além disso, ela contratara motoristas, e eles disseram que a reforma de Wild Oats — nome ridículo com que rebatizar uma casa — era algo digno de nota. Portanto, o convite foi aceito.

A conversa se espalhou em meio ao café-da-manhã da sociedade londrina. Não mais vivendo em aldeias, as pessoas trataram de reinventá-las dentro da cidade, e, de modo semelhante, os telefones celulares, com seus toques insistentes, acabaram recriando os mexericos da praça do mercado.

10h20

Grace e Walter levantam-se da cama em desordem. Tinham ido deitar-se mais tarde do que pretendiam.

— Acho que não quero ir à casa de campo — diz Grace. — Doris deve ter me convidado só para tripudiar. Do ponto de vista moral, a casa é minha, apesar do que disseram os advogados.

— Acho que você devia ir — responde Walter. — Nem que seja só para me defender dela e também porque eu gostaria que sua vida tivesse começado quando você me conheceu.

Quero ter certeza, quero que o mundo tenha certeza, de que você não está mais ligada a Barley.

Walter desce as escadas todas só para pegar o jornal e sobe de volta ao estúdio. Está se sentindo com mais energia que de costume e atribui isso ao fato de ter terminado a tempo e despachado as telas adicionais à galeria Manhatt. À medida que seu espírito se torna mais leve, também mais leves se tornam seus passos. Está ansioso para descerrar o retrato de Doris, à noite, claro que está, e quer que Grace esteja a seu lado.

Grace então concorda em ir à festa do ex-marido, festa oferecida pela nova mulher; é o que uma pessoa civilizada deve fazer nos dias atuais de freqüentes divórcios ou como poderia se viver guardando rancor?

11h10
Grace vai a Tavington Court pegar seu Valium, e também para passar roupa e ver como Ethel e Hashim estão se saindo. Não precisava tomar tranqüilizantes desde que conhecera Walter. Espera ao menos que Doris não tenha descaracterizado demais a casa de campo, mas Ross deixara escapar no clube um ou outro comentário, o que a fizera temer o pior.

— Puxa, parece cansada hoje! — observou o sr. Zeigler quando Grace chegou, o que a fez supor que ele queria dizer que ela parecia um tanto mais velha. Mas tudo bem: de qualquer modo, se chegara a um equilíbrio de trinta anos para ela e quarenta para Walter; o que dificilmente poderia ser melhor. Sente-se bastante segura em relação a uma coisa: os dois haviam ganhado um dos grandes e raros presentes da vida. Um milagre que seja, que as pessoas dêem a isso o nome que quiserem. Chamem-me simplesmente Dorothy.

Hashim conseguiu emprego com Harry Bountiful, o emprego que Ross recusara. Vai ser detetive particular. Diz que está pleiteando cidadania pelos canais adequados. Disseram na Central de Empregos que ele pode conseguir. Ethel conta a Grace que está começando um curso de computação gráfica. Ela corajosamente assinalara o item de ex-presidiária no formulário de inscrição do curso, e tal é o desejo da sociedade atual em reabilitar os infratores que lhe deram prioridade, de modo que ela pôde escapar da lista de espera. Obrigada por tudo, Grace.

11h50
— Seu ex-marido passou por aqui para procurá-la — disse o sr. Zeigler quando Grace saía. — Ele consegue ser rápido quando necessário. — Parece que sofreu uma tentativa de assassinato. Deve estar se sentindo grato pelo fato de não ter espalhado sangue e vísceras pelo chão. O sr. Zeigler tivera que ir ao médico por causa do odor dos vapores, ela sabia disso? Mas Grace mal o ouvia. "Os russos!", pensou.

Já fazia cinco anos que Grace dissera a Barley que os russos iriam tomar o projeto Opera Noughtie por algum tipo de *sex show* patrocinado pelo governo, ao mesmo custo da Cúpula do Milênio e com um retorno financeiro bem maior, e não iriam gostar nem um pouco de descobrir que não era disso que se tratava.

— Grace, sua tola — dissera ele, beijando-a no alto da cabeça. — Deixe as preocupações comigo.

Agora ela teme por Barley, mas, de volta ao estúdio, nada diz a Walter a esse respeito. Aos 18 anos de idade, ela teria dito. Aos 32, acha melhor não dizer. É a sabedoria que a experiência traz.

14h

O vôo de Carmichael parte para Wellington, Nova Zelândia. Toby finalmente atendera o celular e pedira a Carmichael que fosse encontrá-lo. Está tudo bem.

Emily e o cachorro pegam o trem de volta para York. Ainda bem que ela gosta de animais, pois o nervosismo o faz urinar nos pés do balcão de alimentos dos restaurantes.

Grace marca hora no cabeleireiro da Harrods e combina de fazer as unhas. É o único lugar em Londres onde não erguem as sobrancelhas diante de unhas descuidadas, e ultimamente Grace andou ajudando Walter a raspar telas para a Manhatt. Pensa em comprar um vestido para usar à noite, mas acaba não se dando ao trabalho. Vai usar o mesmo vestido de veludo molhado carmesim, aquele que lhe dera tanta sorte, cor de rosas abertas. O tecido está voltando à moda e não precisa ser passado a ferro.

Lady Juliet vai ao banco em Knightsbridge, retira o colar egípcio do cofre, coloca-o dentro da sacola da Waitrose, junto das compras, e toma o metrô de volta a Victoria. Detesta desperdiçar dinheiro com táxis. Vai usar o vestido branco com que foi pintada por Walter Wells.

15h — 16h

O Natal está chegando, e o espírito das férias começa a prevalecer. Em todos os escritórios e salas de reunião as pessoas se empenham em terminar seus afazeres até o final da semana seguinte. Depois disso, os telefones deixarão de ser atendidos, os computadores quebrados continuarão sem conserto, as caixas de correio eletrônico ficarão lotadas de cartões de boas festas. Somente na segunda semana de janeiro, com a volta à escola, é que as coisas retornarão à normalidade.

No Ministério do Comércio e Indústria, chegou-se finalmente a um consenso a respeito do destino do projeto Opera Noughtie. O fato de que o assunto estava em discussão deveria ter permanecido em sigilo, mas as flutuações da bolsa de valores demonstraram que sigilo não houve. *Sir* Ronald deixa a sala de reuniões com um sorriso nos lábios e vai para casa ao encontro de *Lady* Juliet.

Passam meia hora na cama. Ela não conta ao marido que tomara o metrô. Ele teria um ataque de nervos. Tampouco lhe diz que, depois de uma consulta a Chandri, decidira fazer uma plástica para remover as rugas do rosto. Nada de lipoaspiração, o que soa muito mal. Ela esperaria que *Sir* Ron partisse numa viagem qualquer e daria um pulo até a clínica para passar pela cirurgia. Está ansiosa pela festa dos Salt. Fica imaginando o que Doris vai vestir, espera que a nova mulher de Barley não tenha se importado muito com o fato de seu vestido ter sido leiloado em prol de Little Children Everywhere. Ela, *Lady* Juliet, praticamente a forçara a entregar o vestido. Mas era para uma boa causa. Muito boa causa. Já era tempo de perdoar Doris por não ter respondido ao convite e simplesmente aparecido; já era tempo de incluí-la novamente em sua lista de convidados.

16h15

Numa sala de reuniões, sossegada e livre de fumaça, a diretoria da emissora de televisão discute falhas de segurança e outros assuntos delicados, muitos deles relacionados a Doris Dubois. A existência de uma certa fita gravada viera ao conhecimento dos diretores. Chegara anonimamente pelo correio às mãos do chefe do setor de dramaturgia e cultura. Os funcionários são livres para fazer o que bem entenderem da vida pessoal, é claro, mas não para prejudicar a imagem da emissora nem para oferecer espaço na programação em troca de favores pessoais. E se a fita chegasse aos jornais? O alvoroço poderia até afetar o valor da taxa de licença. Quando se trata de celebridades criadas pela própria emissora, é preciso agir com redobrado cuidado, evidentemente. Mas Doris Dubois é uma figura pública; se a ofenderem, estarão ofendendo o próprio público que se propõem a agradar. Há uma contradição embutida aí, conforme aponta o chefe do setor de documentários e atualidades. "Celebridade incólume" é algo que simplesmente não existe; pessoas incólumes são maçantes, e isso é a última coisa que o público haveria de querer. Sempre haverá o risco de algum escândalo. "*As crian-*

ças se agarram às babás", ele cita, "com medo de que algo pior aconteça." Todos se voltam para encará-lo, e ele se dá conta de que, dali para frente, apoiar Doris significa tornar-se suspeito de ter tido um relacionamento com ela. Ele se cala. Ele não tivera relacionamento algum com Doris, nem a maioria dos homens e mulheres ali presentes. Mas reputação é reputação, e quando uma mulher a tem é difícil livrar-se dela. Sabe-se disso desde o tempo de Jane Austen.

A discussão prossegue. O segurança que se descontrolou e acabou entrando no estúdio 5 — situação que Doris resolveu bem, o que conta a seu favor; são escrupulosos esses supervisores — era um imigrante ilegal, descobriu-se, com documentos falsificados. O departamento de recursos humanos precisa ser advertido por causa disso, mas já avisa que é necessário aumentar o número de funcionários para que sejam alcançados os níveis desejáveis de segurança. De qualquer modo, começa a ser um problema obter dinheiro para manter a programação. No momento, encontram solução para o problema de Doris. *Artsworld Extra* deve ser tirado do ar por ser caro demais em relação ao número de espectadores, e isso certamente se confirmará se o critério de qualidade for desconsiderado em relação ao custo, o que significa aplicar o velho argumento — incomodamente situado em meio ao clima cultural não elitista de hoje — de que um espectador nível A vale 1,2 em relação aos outros. Providências imediatas serão tomadas nesse sentido. O chefe do departamento de Doris, que fica encarregado de dar-lhe a notícia, deixa a reunião sem sorrir. Tenta ligar para o celular de Doris, mas ela não atende.

16h35

Doris encontra-se em South Molton Street, aonde foi buscar uma cópia do vestido cor de chamas que *Lady* Juliet lhe arrancara no leilão beneficente alguns meses antes. Encomendara especialmente esse vestido e já provocara a demissão de duas costureiras por não ter gostado do acabamento. A da semana passada era uma moça bonita do Haiti que rangia os dentes enquanto trabalhava, deixando os clientes perturbados.

— Ela é certamente muito exótica — disse Doris. — Mas não sabe costurar. Vão acabar perdendo mais clientes do que ganhando.

Ao ouvir o comentário, a moça apontou-lhe dois dedos, sendo imediatamente demitida.

Por um instante, Doris estremeceu; esperava que a moça não lhe tivesse lançado uma maldição. O colar Bulgari com moedas antigas incrustadas, que iria usar à noite, deveria, no entanto, bastar para repelir todo o mal. Riu de si mesma por ser tão supersticiosa.

Pena que à noite não vai usar o encomendado colar egípcio, como planejara, nem mesmo um equivalente em termos de preço e enquanto jóia propriamente dita, mas o retrato haverá de mostrar o quanto fica melhor nela, Doris Dubois, do que em *Lady* Juliet. Está ansiosa para ver a reação de *Lady* Juliet quando a pintura for descerrada. Vaca velha e arrogante! Doris gostaria que seus pais fossem do tipo que pudessem ser convidados para a festa surpresa de aniversário do marido, mas o fato é que simplesmente não são. Se fosse só o pai, tudo bem, mas ele não vai a lugar nenhum sozinho e zanga-se quando convidado.

16h55

Ross apanha Barley e Doris no Claridges. Suas roupas estão no porta-malas do Rolls-Royce. Barley está um tanto silencioso. O tráfego de veículos é mais intenso do que esperavam. Ross tenta um caminho alternativo e entra numa rua onde há uma feira asiática e é proibido o trânsito de veículos. Os comerciantes se irritam, mulheres e crianças se assustam. Doris sai do carro para explicar que é Doris Dubois e tem privilégios neste mundo, mas ali ninguém a reconhece nem ouviu falar dela. Encaram-na com frieza. Rapidamente, ela entra de novo no carro e grita com Ross, chamando-o de imbecil. Ross vira-se para trás e dirige-se a Barley.

— Ela é uma puta, uma piranha — diz ele. — Fez sexo com o pintor outro dia mesmo. Temos uma fita gravada. Ninguém nunca vai entender por que dispensou a sra. Grace. Essa sim era uma dama de verdade.

Ross sai do carro, se afasta e desaparece na multidão. Barley vai para o banco da frente, toma o volante e avança devagar com o carro. A multidão se dispersa, mas alguém faz um risco comprido na lateral do Rolls-Royce. Barley segue rapidamente em meio ao crepúsculo cor-de-rosa, mais depressa do que Ross jamais dirigira, radares de velocidade detectam sua passagem. Chegam a Wild Oats apenas vinte minutos mais tarde que o previsto.

17h50
— Muito bem! — diz-lhe Doris. — Você é um motorista brilhante, Barley. Não dê ouvidos ao que aquele gordo horroroso disse. Gente da minha posição está sujeita a essas mentiras e calúnias. Ele não passa de um empregado descontente que estava para ser demitido. É bem o tipo que, na melhor das hipóteses, faz baixar no computador pornografia infantil da Internet.

Barley diz ter outras coisas em que pensar. Está esperando que liguem para seu celular, e o telefonema não vem. A última coisa que haveria de querer agora é entrar numa sala cheia de gente vestida para festa e ter que fingir surpresa. Mas crê que vai ter que passar por isso. Pergunta a si mesmo se seria bom ou mau sinal o fato de *Sir* Ron não telefonar. Olha para Doris e sente-se desencantado. O fato de ela ter ou não ter feito sexo com quem quer que seja não parece incomodá-lo minimamente.

— Você está muito esquisito — diz Doris, mas não tem tempo para elaborar. Precisa verificar o bufê, o vinho, e Barley não deve entrar na sala de visitas antes que seu presente surpresa, que ainda não chegou, seja colocado no lugar de destaque. Ela guincha obscenidades ao celular; onde está o quadro, afinal de contas?

17h50
Walter e Grace estão a caminho de Wild Oats à maior velocidade que o velho carro permite. Não correm o risco de serem captados pelos radares. O carro solta fumaça pelo escapa-

mento. O quadro de Doris encontra-se no porta-malas. Quando o viraram para cima, antes de sair, observaram que o rosto estava em bom estado, mas, abaixo da cintura, a tinta começara novamente a escorrer, misturando-se ao azul do fundo: parecia corpo de uma mulher gorda. O cachorro devia ter urinado de novo na tela ou qualquer coisa do tipo. Walter tivera que fazer um reparo de emergência usando um solvente branco para diluir a tinta, já que a terebintina havia acabado, e arrematando o processo com o secador de cabelo de Grace. Deviam ter examinado o quadro no dia anterior, o que de fato fizeram, mas muito rapidamente, só para ver se o rosto estava bem, uma vez que esse fora o problema inicial.

Grace sentiu-se um tanto aliviada por causa do pânico: assim não teria tempo para ficar nervosa. Walter insistia em dizer-lhe que ela era linda, mas, quanto ao vestido, tudo bem em se tratando de uma roupa caseira, só que todo mundo estaria vestido com a maior elegância, principalmente Doris. Nem por um minuto Grace acreditara nas promessas de paz e doçura feitas por Doris, mas enfrentaria o desafio e iria à festa. Walter queria que ela fosse, e ela precisava prevenir Barley em relação aos russos.

18h05
Barley vai tomar banho, mas não há água quente. Tenta todos os banheiros. Parece que os construtores de cenário da televisão trazidos por Doris não tinham verba, muito menos tempo para tais luxos. A água fria sai aos pingos. Barley atravessa o gramado até o anexo para visitas, intocado desde que

Carmichael deixou de ir lá fazer seus bordados. Ele fora duro demais com Carmichael. O mundo mudou em dez anos, desde que o rapaz saiu de casa: a masculinidade, as qualidades masculinas trazem hoje muito menos prestígio. Barley agora é capaz de ver o absurdo de sua ansiedade em relação ao que o filho se tornaria. Carmichael foi apenas um dos pioneiros.

Carmichael telefonou para Barley do aeroporto dizendo que lamentava não ter tido tempo de ir vê-lo desde que chegara de Oz, mas, puxa, quem sabe da próxima vez! Se comprasse a passagem, Barley poderia ir visitá-lo em Sydney. Por que era o filho quem precisava fazer todo o esforço? Por que o pai não poderia se mobilizar um pouco? Na cabeça de Barley, o projeto Opera Noughtie já estava perdido.

Há água quente no banheiro do anexo para visitas, mas não energia elétrica. Barley toma banho sob luz da lâmpada da varanda dos fundos que chega pelas frestas da persiana. Vê uma sombra mover-se lá fora: parece um homem carregando um rifle sem que possa ser visto da casa principal. Barley julga tratar-se de uma alucinação, uma ilusão provocada pela luz, mas, quando vê e ouve o homem dando um clique no cano do rifle, percebe que é tudo real. São os russos! Ele está para ser assassinado, provavelmente no auge da festa, para que o impacto seja maior. Sai correndo do banho e, aos berros, atravessa, nu, a cozinha e a varanda. Não sabe o que vai fazer, mas a morte já não lhe parece uma grande ameaça, e o ataque é a melhor forma de defesa. O homem solta um grito, deixa a arma cair e desaparece na escuridão. Um amador, pensa Barley, não é profissional experiente. Barley grita por socorro, um segurança vem correndo. Barley pega o celular e chama a polícia. Doris aparece para ver o que significa aquele estardalhaço todo e, ao vê-lo nu, diz:

— Pelo amor de Deus, Barley, você precisa fazer um bom regime. Digo um regime de verdade, não de brincadeira.

Doris se afasta e vai se vestir, implorando a Barley que vá se vestir também, e depressa, antes que muita gente o veja daquele jeito. Já tem muito o que fazer e com o que se preocupar. O vinho branco não está gelado o bastante.

19h40
A polícia chega, pega a arma, faz anotações e vai embora.

20h
Chegam os primeiros convidados e a equipe de gravação de *Artsworld Extra*. O retrato também. Doris olha-o rapidamente, diz estar satisfeita e dá um abraço apertado em Walter, corpo contra corpo, e diz para que Grace a ouça:

— Puxa, você me entende. Precisamos fazer tudo aquilo de novo, uma noite qualquer, quando tivermos mais tempo.

Walter parece encabulado e, por sobre o ombro de Doris, pede com o olhar a compreensão de Grace.

Grace responde com um negligente dar de ombros. Somente a presença da equipe de *Artsworld Extra* a impede de lançar-se, esmurrando e cuspindo, para cima de Doris. Se estivesse de carro, ela a teria atropelado de novo, mesmo que isso lhe custasse outra vez a cadeia, custasse o que fosse.

*

Mesmo assim, ajuda Doris e Walter a colocar a tela no cavalete, sobre o estrado, e a cobri-la com uma espécie de véu, que deverá cair para o lado, com um puxar de corda, revelando o retrato. Doris pedira a *Lady* Juliet que fizesse as honras, e *Lady* Juliet respondera que sim, claro. Assim como acontecia com Grace, era sempre possível contar com um favor, não um desfavor, de *Lady* Juliet, caso possível; além disso, a dama estava disposta a perdoar Doris.

— Gostou da reforma, Grace? — pergunta-lhe Doris. — Barley adorou.

— Ficou bem — responde Grace. Achou horrível, mas, agora lembrando-se de como era, sempre lhe parecera horrível. Podia-se encher a casa de *chintz* e tapetes persas, como ela fizera, ou rebaixar o teto e recorrer à arte-instalação e ao gótico contemporâneo, como fizera Doris, mas o resultado sempre seria um fracasso. Casas velhas eram como caranguejos eremitas: uma casca sob a qual vive uma série de famílias, todas fazendo o possível para não pensar em quem antes havia morado ali e no que o destino lhes reserva. A casa de campo era apenas uma casca dura e particularmente obstinada. Doris podia dar-lhe o nome que quisesse. Era bem-vinda ao local. Aliás, também era bem-vinda a Barley. Se os russos estavam atrás dele, Grace faria bem em seguir o conselho de *Lady* Juliet e vender o apartamento 32 de Tavington Court antes que a Justiça o tomasse. Talvez desse um pouco do dinheiro a Barley para ajudá-lo, talvez não. Ele deveria tê-la deixado vender os Rolls-Royces da outra vez. Carmichael ficaria bem com uma casa para si e para seu Toby.

— Ficou bom — repete Grace.

21h

Barley entra na sala cheia de gente e finge surpresa. Todos sabem que é fingimento, mas juntam-se a seu redor, calorosamente, desejando-lhe felicidades em seu sexagésimo aniversário. Tentasse ele convencer quem fosse de que tinha apenas 59, ninguém lhe daria ouvidos. Como se não bastasse, perdera um ano de vida. E lá está Grace, maravilhosa em seu vestido vermelho que lhe parece tão familiar. Ela se aproxima para abraçá-lo, todos olham e sorriem, inclusive Doris; uns poucos crêem que Doris seja uma mulher boa e compreensiva, bem versada nos costumes da vida contemporânea, mas a maioria não pensa assim. A maior parte dos presentes precisa, porém, concordar que Doris está linda; pudera, com sua figura, sua saúde, sua juventude, sua autoconfiança, seu vestido e seu colar com moedas antigas incrustadas, como se fizesse história aonde quer que ela fosse, o que de certo modo faz.

Grace sussurra ao ouvido de Barley, seu hálito é doce e familiar, que ele precisa ter cuidado com os russos, e ele responde que sim, que terá. Não há tempo nem espaço para responder mais nada, pois a equipe de *Artsworld Extra* está bem ali ao lado deles, filmando, e as pessoas se acercam deles. Flora está presente, em algum lugar, fora convidada porque Doris ainda tem esperança de tê-la de volta ao programa, mas Barley não a vê, embora a procure.

Barley discursa dizendo que é maravilhoso ter todos os bons amigos por perto nessa altura da vida, que dinheiro e sucesso não são nada em comparação à família e aos amigos, que está feliz pelo fato de a mãe de seu filho Carmichael estar presente nessa comemoração. E assim por diante. *Sir* Ron está em algum lugar entre os convidados, ele ouviu dizer, mas o deve estar evitando. É óbvio. Billyboy Justice e Makarov venceram. Barley está acabado.

Doris discursa dizendo que Barley é maravilhoso e *sexy*, que antes ela tivera problemas com bebida e drogas, mas agora, com Barley a seu lado, ela os superou. Tem muito orgulho de ser a sra. Doris Salt. Agradece aos pais, ausentes, por tudo o que fizeram para que ela pudesse chegar aonde chegou na vida; eles certamente viriam a essa noite maravilhosa de comemoração dos sessenta anos de seu marido, mas estão num cruzeiro. Agora pede que *Lady* Juliet faça as honras para a entrega do presente de aniversário, de Doris para seu Barley, com todo amor, um retrato pintado por um grande artista, um novo e reluzente farol na vida cultural do país, ali esta noite entre os convidados, Walter Wells.

Lady Juliet diligentemente puxa a corda e descerra o retrato. Ruídos sufocados, pois todos esperavam um retrato de Barley, mas não, o retrato é de Doris. Presentear alguém pelo aniversário com o retrato de si mesma certamente não cai muito bem, e *Lady* Juliet diz do alto do estrado que Barley, na verdade, está fazendo 59 anos, não sessenta. Doris deveria saber disso se o amasse tanto quanto diz que ama. Nesse meio tempo, a equipe de gravação aproxima-se para um *close*, cortando o caminho das pessoas, e a proximidade de uma forte lâmpada de arco faz com que algo muito estranho aconteça à pintura. Cai um silêncio. A tinta do retrato começa a borrar os contornos do corpo de Doris e a escorrer de seu rosto, fazendo-a parecer cruel e maldosa, mais ou menos como se imagina tenha acontecido ao retrato de Dorian Gray. Alguém chega até a dizer que se trata de nossa Doris "Dorian Gray". Doris corre em direção à equipe de câmera gritando "corta, corta", depois corre para o jardim, aos soluços. Grace assume a incumbência de fazer com que todos saiam da sala para que Doris tenha tempo de se recompor. Barley, *Sir* Ron, *Lady* Juliet e Walter ficam para trás.

— É muito estranho, Walter — diz *Lady* Juliet. — Você pintou meu melhor colar Bulgari, a jóia egípcia, no busto de Doris, e francamente, depois desta noite, não gosto da pessoa em quem ele se encontra.

21h45
Trêmula no jardim, e achando que nada pior poderia acontecer, Doris atende ao celular e recebe de seu chefe de departamento a notícia de que *Artsworld Extra* saiu da programação. Sabe que esse telefonema realizado tarde da noite deve estar sendo feito porque a estão desligando, e rapidamente, da emissora, por certo na expectativa de que algum escândalo venha a irromper. Em seu presente estado de espírito, não está muito segura de que possa suportar mais problemas. Chora um pouco e pergunta a si mesma por que Barley não está a seu lado. Volta para dentro de casa em busca de calor e senta-se no alto da escada, onde provavelmente ninguém vai aparecer.

22h30

Na sala de visitas, Walter acabou de se explicar. A equipe de *Artsworld Extra* já foi informada e está fechando suas caixas de aço portáteis. O emprego dos técnicos não corre risco, e eles, pelo menos, não terão mais que suportar Doris. Os convidados se divertem comentando o fiasco Doris/Dorian, perguntando-se como fica Walter Wells diante disso e bebendo — ha-ha — o que restou da adega dos Salt. Fazia muito tempo que não havia uma festa tão boa. Nada se espalha com mais rapidez que um boato, dizia Virgílio, e comentava-se que o projeto Opera Noughtie fora cancelado para dar lugar ao maior programa de desarmamento da Europa em defesa do meio ambiente: todos os prazeres do *Schadenfreunde*, a satisfação com a desgraça alheia, estão presentes. Lá fora, os motoristas se preparam para uma longa espera e ligam seus minitelevisores para ver o filme da noite, que, por acaso, fora substituído por uma reprise de *Artsworld Extra*. Algum programador desavisado levará no dia seguinte uma repreensão por ter adotado seu próprio critério.

22h46

Barley pergunta a Grace se ela se casaria de novo com ele se ele se divorciasse de Doris. Grace olha-o incrédula e responde que está apaixonada por Walter, ele não tinha ouvido falar? Barley retruca que essa não é uma boa idéia porque, depois dessa noite, o nome de Walter estará na lama. *Lady* Juliet ouve a observação e diz que, ao contrário, agora é que ele ficará conhecido, sendo o mundo o que é, e que, pessoalmente, ela acha tudo muito engraçado. O problema deve ter sido causado pelo novo verniz que Walter está usando.

22h48

Sir Ron vira-se para Barley e diz-lhe que ele deve estar sentindo um grande alívio.
— Por quê? — pergunta Barley.
— Não recebeu um telefonema? — responde *Sir* Ron. — Pedi que entrassem em contato com seu pessoal para tirá-lo da ansiedade. Os boatos voam, você sabe. Em parte a culpa é minha, por ter falado tão abertamente com Billyboy Justice, acreditando que ele ficaria de boca fechada. Não que Billyboy seja muito de ficar calado, tanto já foi dito a respeito, ha-ha.
— Ha-ha — responde Barley.
— O projeto Opera Noughtie será levado adiante — acrescenta *Sir* Ron. — O programa de desarmamento também, mas em Gales. Vai absorver um pouco de desemprego, dar à nova assembléia algo em que cravar os dentes.
Barley está salvo.

23h01

Toca o celular de Barley. É a polícia. Acharam o suspeito, alguém querendo caçar Doris Dubois, um louco; na verdade uma mulher vestida de homem, ex-faxineira de Wild Oats. Sorte de Doris ter escapado. A mulher foi detida por motivo de segurança. Barley pede uma grande dose de uísque. Voltou a ser um homem rico. Pode até chamar Ross de volta, já que não precisa se preocupar com os russos: pode se dar ao luxo de ter um motorista que não seja tão rápido. Doris terá que pegar seu próprio carro. Flora se aproxima com o uísque de Barley. Será que ele sabia que *Artsworld Extra* havia saído da programação? Ela, Flora, vai apresentar o programa substituto: *From the Other Side*. Não, não se trata de arte, arte não tem público suficiente, trata-se do sobrenatural, seu outro interesse. Onde está a pobre Doris? Seja como for, deve estar em péssimo estado. Barley responde que Doris nunca fica em péssimo estado por mais de dez minutos, ou o tempo que seja até ela se recompor. Flora ri e diz para ele que não seja tão cruel. Algo em Flora tem a ver com Grace; talvez por isso todos se davam tão bem. É a filha que ele não teve, só que seus sentimentos por Flora não são bem aqueles que um homem tem pela filha. Barley admira o pescoço belo e longo de Flora e pensa que o colar Bulgari ficaria muito melhor nela do que em Doris. Vai se divorciar de Doris. Tendo feito isso uma vez, pode muito bem fazer de novo. Fácil!

23h32

O celular de Barley toca de novo. É Carmichael que liga de Cingapura, da sala de trânsito do aeroporto, desejando feliz aniversário ao pai. Lamenta o incidente ocorrido na frente do prédio da mãe. Ele vinha do Soho no carro de um amigo, preocupado com Toby, quando houve uma pequena briga no banco da frente e o pé de alguém pisou de repente no acelerador, sabe como é.

— Bem, não sei — respondeu Barley. — Mas lamento que tenha se preocupado.

— Obrigado, papai — agradeceu Carmichael, feliz. — Estou bem agora.

Meia-noite em diante

Em meio à bebedeira, procura-se Doris pela casa. Alguns convidados se juntam à busca. Ecos de riso saem das salas reformadas; as pessoas examinam o gosto de Doris, suas idéias a respeito de como uma casa deve ser, zombam de seus decoradores e até dos colchões. Grace, a primeira mulher, vê-se defendendo Doris, a segunda. As torneiras do banheiro que Barley abrira inutilmente começaram a jorrar água, inundando o chão e trazendo abaixo o teto do quarto do casal, com constelações e tudo. Barley simplesmente dá de ombros. O que importa? Flora nunca concordaria em morar numa casa assim. Não era bonita, antes de mais nada. Barley vai colocá-la à venda.

Doris finalmente é encontrada por um grupo composto por Barley, Flora, Grace e Walter: sentada na escada, batendo os saltos, de péssimo humor. Rasgara o vestido cor de chamas e o lançara a um canto. Está de combinação branca.

— Meu Deus! — diz Flora. — Os ruídos da meia-noite na escada seriam a assombração de branco? Eu sabia que tinha razão. Sabia que os fantasmas podiam vir tanto do futuro quanto do passado. Vejam só, já tenho meu primeiro programa. De que serve a história da arte agora?
— Piranha! — grita Doris. — Piranha! Quer tirar tudo o que eu tenho. Mas vou voltar, espere para ver. Vai me pagar por isso! — Mas sua voz soa oca em todos os ouvidos, quase fantasmagórica, e a casa se enche de júbilo.

Este livro foi composto na tipologia Minion,
em corpo 11,5/16, e impresso em papel
off-white 80g/m², no Sistema Cameron da
Divisão Gráfica da Distribuidora Record.